LE VENTRE DES PHILOSOPHES

Critique de la raison diététique

Paru dans Le Livre de Poche :

L'ARCHIPEL DES COMÈTES

L'ART DE JOUIR

CONTRE-HISTOIRE DE LA PHILOSOPHIE

1. Les Sagesses antiques

2. Le Christianisme hédoniste

3. Les Libertins baroques

4. Les Ultras des Lumières

5. L'Eudémonisme social

6. Les Radicalités existentielles

CYNISMES

LE DÉSIR D'ÊTRE UN VOLCAN

ESTHÉTIQUE DU PÔLE NORD

FÉERIES ANATOMIQUES

LES FORMES DU TEMPS

L'INVENTION DU PLAISIR : FRAGMENTS CYRÉNAÏQUES *(inédit)*

MÉTAPHYSIQUE DES RUINES

PHYSIOLOGIE DE GEORGES PALANTE

POLITIQUE DU REBELLE

LA PUISSANCE D'EXISTER

LA RAISON GOURMANDE

LA SAGESSE TRAGIQUE : DU BON USAGE DE NIETZSCHE *(inédit)*

LA SCULPTURE DE SOI

THÉORIE DU CORPS AMOUREUX

THÉORIE DU VOYAGE *(inédit)*

TRAITÉ D'ATHÉOLOGIE

LES VERTUS DE LA FOUDRE

Collection dirigée par Jean-Paul Enthoven

MICHEL ONFRAY

Le Ventre des philosophes

Critique de la raison diététique

GRASSET

ISBN : 978-2-253-05382-8 – 1re publication LGF

« Il est une question qui m'intéresse tout autrement, et dont le " salut de l'humanité " dépend beaucoup plus que de n'importe quelle ancienne subtilité de théologien : c'est la question du régime alimentaire. »

NIETZSCHE, *Ecce Homo.*

INTRODUCTION

ESSAI D'AUTOBIOGRAPHIE ALIMENTAIRE

Toute cuisine révèle un corps en même temps qu'un style, sinon un monde : lorsque enfant il m'a fallu comprendre ce qu'étaient la pauvreté et les fins de mois de mes parents, ce sont les œufs ou les pommes de terre qui me l'ont signifié. Ou le manque de viande. A la table d'un père ouvrier agricole, le poisson était un luxe : il manquait d'à-propos et ses vertus d'emplâtre étaient nulles. Le provincial ne dispose que du fruste et du sommaire : les aliments précieux, rares ou délicats s'absentent sans cruauté. Les féculents règnent en maîtres. Sur la table, le cidre dur, amer et presque imbuvable ne fait jamais défaut. Odeur de vinaigre. A la cave, il croupit dans des tonneaux qui contaminent tout d'un tenace goût de chêne ou de châtaignier. Les gouttes qui tombent presque en filet sur le sol de terre battue parfument les caves sombres et humides. Parfois, lorsque le cidre bouché était trop puissant, il débordait la bouteille et faisait sauter les bouchons de liège dans la pénombre. De fortes odeurs imprégnaient la terre qui conservait la mémoire du liquide. Les pommes faisaient crouler les branches des arbres. De temps en temps, elles ployaient tant qu'elles se brisaient et chutaient dans une herbe grasse, verte et tendre. On les retrouvait couvertes de rosée. Elles étaient destinées aux tartes Tatin, aux bourdins ou aux compotes. Pas de cannelle. Les épices sont les artifices de la ville. Couchés sur des tapis de purée de fruits, les quartiers faisaient une rosace. Du gothique au four. Quant à la crème, elle signait tous les plats : lapins ou morues, volailles et fruits.

Lorsque des caprices d'adultes me valurent la pension, il fallut rompre ma proximité avec les choses de la nature. Je ne pouvais plus goûter les mûres à l'époque de la rentrée des classes, ni croquer les pommes chapardées dans le jardin public. Je dus abandonner les noisettes et les fraises des bois, les châtaignes et les griottes. Je désertai les chemins creux, les fossés et les haies sauvages. J'oubliai le goût de l'herbe mâchée sous un soleil d'été, celui des vairons pêchés dans la rivière ou des tanches sorties de l'étang, et frits à la poêle. Je perdis de vue les enfants de mon âge qui avalaient des vers de terre crus pour une cigarette ou des mouches pour une poignée d'infâmes sucreries à bon marché.

L'orphelinat me valut d'apprendre sous d'autres auspices qu'il n'y a pas d'alimentation neutre. Le goût de la liberté me manqua cruellement. Le réfectoire remplaçait la cuisine et les fumets de la maison furent supplantés par les effluves gras et lourds des laboratoires de collectivité. Je fis connaissance avec les gelées flasques et insipides, avec l'eau saturée de chlore et le pain calciné des apprentis boulangers de l'école. Les sauces figeaient dans les assiettes et l'on jouait à les retourner pour mettre à l'épreuve les filets coagulés des graisses qui s'accrochaient désespérément au Pyrex. Il fallut avaler des potages à la tomate et au vermicelle qui ressemblaient à des assiettes de sang frais. Il fallut manger des tranches de foie mal cuites et sanguinolentes. Il fallut ingurgiter les purées de pois cassés froides et les tranches de cœur élastiques. A quatre heures, les morceaux de pain sec s'arrachaient au pied d'un vaste récipient de plastique aux couleurs louches. La barre de chocolat était le seul luxe, bien qu'elle fût des plus abrasives. L'avantage du collège religieux est la messe : enfant de chœur dès sept heures trente on peut goûter entre le dentifrice et le café au lait une rasade de vin blanc ou quelques poignées d'hosties qu'on espérait non consacrées pour éviter la damnation. Parfois, la transgression aidant, j'en remplissais mon bonnet et les reversais dans mon bol de café au lait. Voir les rondelles de pain azyme fondre dans le liquide tiède et sombrer au fond du récipient stimulait l'imagination : sabordages ou immersions du monde, noyade du Christ mal inspiré d'avoir choisi la forme boulangère. Heureusement, les sorties du dimanche après-midi – en rang par deux – permettaient de grappiller dans la campagne les baies et fruits sauvages qui avaient conservé le goût de la liberté.

La pension se fit moins austère. Je quittai l'orphelinat aux odeurs mélangées de petits garçons et de prêtres célibataires pour le lycée dans la ville voisine. Avec la sous-préfecture, je fis connaissance des laits parfumés aux saveurs les plus saugrenues auxquelles consentait avec amusement le patron du café. Je découvrais le jambon-beurre-demi resté depuis, dans mon esprit, comme la signature d'une nourriture hâtive. Je goûtais les premières crêpes avec les économies faites sur mes achats de librairie. J'offrais à mes premières petites copines des chocolats et des gâteaux dans le seul salon de thé de la ville. Je devais alors choisir entre les agapes pâtissières et les nourritures spirituelles : une note de salon de thé m'étranglait pour la quinzaine. Pour confiner au paradoxe, je trouvais drôle de lire La Faim *de Knut Hamsun en attendant mes conquêtes au pied des vitrines sucrées.*

L'adolescence exige la quantité et se moque quelque peu de la qualité. J'avalais un nombre incalculable de puddings fabriqués avec tous les reliefs de la pâtisserie – et de la boulangerie peut-être même... Le fort goût de sucre et les fruits confits en même temps qu'une grasse pellicule de sirop gélifié éteignaient les saveurs multiples devenues compactes. J'ajoutais un mixte de crêpes bretonnes sous cellophane et de chocolat à bon marché. Le volume primait toute autre considération gastronomique.

Les premières escapades nocturnes du dortoir nous invitaient à errer dans les rues de la petite ville à la recherche d'un café ouvert. A dix heures du soir, en plein hiver, nous toussions en avalant de travers nos premiers alcools forts; le cointreau avait ma faveur. Le bar de la mère d'un de mes compagnons de fortune fut régulièrement mis à contribution. Elle avait la bonne idée de travailler pendant nos heures de liberté.

Avec l'Université vint l'époque des ivresses gratuites. J'ai le souvenir d'une bacchanale au cognac avec un étudiant en philosophie qui partageait avec moi le même ennui morne lors des deux heures hebdomadaires d'épistémologie. Abandonnés au campus en pleines vacances de Noël, en rupture de ban avec nos familles respectives, nous avions liquidé à deux une bouteille subtilisée dans une grande surface de la ville. Le geste était politique, bien sûr, car nous ébranlions ainsi les fondements de la société de consommation... Après avoir rempli nos verres à dents de cinq ou six morceaux de sucre et recouvert le tout par l'alcool infâme et brûlant, puis plusieurs fois répété l'opération, nous avons sombré très rapidement dans une inconscience qui dura de longues heures – et qui frisa le coma éthylique... La nourriture des restaurants universitaires faisait le quotidien et ajoutait à nos misères. Sardines, cassoulet, bananes.

Les premiers succès de faculté furent le prétexte à des fêtes moins primaires, plus stylées. Je pris goût au bourgogne que j'aime pour ses parfums de terre ou de cuir et aux vins d'Alsace adorés pour leurs bouquets rafraîchissants et leurs saveurs de fruits jaunes. Le jeu des températures, des années et des mariages avec les plats me séduisit. Quelques bonnes et rares bouteilles réservées aux succès particulièrement mérités firent l'objet de souvenirs précieux. Une thèse avec mention prit toute sa valeur quand elle fut l'occasion d'un aloxe-corton millésimé et d'un repas exceptionnellement soigné.

Avec le temps, je suis devenu sédentaire. Le nomadisme estudiantin n'eut qu'un temps. Les chambres d'université firent place aux pièces remplies de livres et de disques. Les cassoulets ou choucroutes mangés dans leurs boîtes en fer-blanc furent remplacés par des plats cuisinés à mon goût, inventés par mes soins. En dix années de vie sage, je compte dix années de cuisine au jour le jour.

Je connus, avec un ami libraire, un trait d'union entre les livres et la nourriture. Ancien cuisinier, esthète et homme d'une grande saveur, il cachait son passé sous une exquise pudeur. Avant d'avoir opté pour le métier des livres, il avait été cuisinier à Paris. Je lui dois des souvenirs de gâteaux au chocolat et de vins exception-

nels en même temps que de gestes d'une amitié infinie : alors que, lycéen, j'étais sans le sou, il m'avait à plusieurs reprises fait cadeau de quelques livres – un Rivarol ou un Maurras dans une belle édition. De même me fit-il présent de trucs pour ne jamais manquer telle sauce ou réussir telle opération délicate au fourneau.

J'étais devenu professeur de philosophie. La maladie l'a vite emporté, trop vite. Il est resté pour moi l'intime mélange d'une sagesse un peu bourrue et d'une stupéfiante faculté de goûter. Ses bons vins et ses bons plats étaient toujours servis près de bons livres ou de belles gravures – Dürer ou Rembrandt –, toujours accompagnés de bons mots. Il était le parfait amphitryon de Grimod de La Reynière.

Son absence m'est douloureuse. Souvent, devant mes casseroles, je pense à son sourire et à ses conseils, à ses sauces et à son chocolat. Je continue de cuisiner, mais ses secrets et petits trucs me manquent depuis longtemps. Quand les premières violettes fleurissent, je ne manque pas d'aller sur sa tombe.

Quelques voyages à l'étranger ont été pour moi l'occasion de goûter des géographies, d'avaler des terres et des ciels, d'apprécier des fumets et des saveurs marqués au coin des régions et des coutumes. Dans les montagnes du Caucase, en Géorgie soviétique, des sacrifices animaux dignes d'Homère et des bûchers grecs m'ont mis en présence d'étranges cuisines où pigeons et moutons, coqs et poules nageaient dans d'immenses récipients remplis d'eau que des bulles venaient troubler en surface. La viande sanguinolente est partagée avec les passants en même temps qu'elle accompagne un vœu pieux qui n'a de chance de se réaliser qu'après les opérations conviviales. Les légumes sont plongés dans des marmites où bouillonnent les abats, et les enfants jouent, le front marqué d'une croix de sang. En Azerbaïdjan, sur un petit marché local encombré de pommes vertes et de poires dures comme de la pierre, j'ai goûté d'étranges colliers fabriqués avec des noisettes ou des cerneaux de noix enfilés sur une mince ficelle et plusieurs fois trempés dans un mélange épais de sucre et de jus de raisin. Cette opération permet de cristalliser le soleil et constitue une onctueuse pellicule raisinée. Au bord du lac Sevan, en Arménie, j'ai goûté l'ichkan, sorte d'omble chevalier qu'on ne trouve qu'en ces eaux de montagne. Comme pour mieux interdire un plaisir rare, la cuisine locale pane et frit le poisson dont la saveur est masquée par l'huile chaude. Du mystère, rien ne percera. Il aurait fallu une vapeur respectueuse des parfums qui trouble à peine la chair pour en livrer la délicatesse et les arcanes. A Leningrad, austère cité bardée de bleus acier et de gris plombés, le caviar est sans nom. Le gris perlé de cette folie pareille à l'ambre fond dans la bouche comme mille mers mélangées. Ailleurs, à Copenhague où j'allais sur les traces de Kierkegaard, les couleurs de la Baltique saisissent les poissons fumés ou marinés qui abandonnent parcimonieusement les saveurs sous l'aigreur des condiments. A Barcelone, j'eus l'impression en buvant l'horchata – une boisson à base d'orge – d'avaler des champs entiers de céréales gagnés par le froid. A Rome, je visitai les étonnants glaciers de la place Navone : Tre Scalini, Giolitti, Fiocco di Neve, *ceux du quartier du Panthéon ou de la rue des Offices-du-Vicaire. A l'ombre d'un soleil qui déversa sa chaleur sur Lucrèce et Marc Aurèle, on peut goûter une glace à la violette, aux champignons, aux carottes, aux pétales de rose et à une multitude d'autres parfums. A Genève où je traquais Voltaire et Rousseau, j'ai bu des vins du Vaudois ou le fendant du Valais. A Venise, j'ai mordu les fruits vendus sur le marché qui borde le Grand Canal : ils paraissent gorgés de l'eau et du ciel avec lesquels on fabrique la seule ville qui soit en tout une œuvre d'art. Et partout ailleurs en France, j'ai rencontré les spécialités en même temps que l'âme des lieux et des paysages : je n'ai pas traversé le Périgord sans goûter le confit, les pommes de terre sarladaises ou le gâteau aux noix, la Bretagne sans avaler quelques huîtres sur les quais de Cancale, les Vosges sans essayer les mélanges de fromages cuits fabriqués chez l'habitant pour accompagner les pommes de terre à l'eau, la Provence sans manger les ratatouilles qui accompagnent les poissons grillés, les Pyrénées sans me réjouir d'un ragoût de sanglier préparé par l'épouse du chasseur...*

Voir un pays ne suffit pas, il faut aussi l'entendre et le goûter, s'en pénétrer par tous les pores de la peau. Le corps est la seule voie d'accès à la connaissance. Grimod de La Reynière a fort bien montré qu'il n'y a de géographie sans ennui que gourmande.

Les dégoûts de l'existence s'évaporent lorsque l'on se retrouve, entre amis, autour d'une table. Je suis familier de quelques-unes qui toutes répètent à l'envi qu'une gastronomie, c'est un style : il y a l'amie lunaire qui calcine ses pigeons, celle, originale, qui acclimate tous les continents à ses fourneaux – ainsi des fondues chinoises ou des poissons crus japonais –, celui qui, Parisien converti à la campagne, s'est fait le spécialiste des viandes en sauce – du navarin au bœuf carottes. Il y a aussi l'amie têtue qu'un mode d'emploi de boîte de conserve déroute et qui s'évertue à manquer les recettes les plus simples, ou celui qui fabrique ses plats comme des jardins zen ou des architectures soviétiques. L'un préfère le vin de paille, l'autre le cru périphérique d'un grand bourgogne. L'un arrose le tout de cidre ou de poiré, l'autre, élu local affilié à un parti plutôt tourné vers l'Est, accompagne ses foies gras de Hongrie avec des vins imbuvables des différents pays de la communauté soviétique. Et combien de confits mijotés au micro-onde et de poissons presque lyophilisés par trop d'ardeur sur les brûleurs...

Pour effrayer tout ce monde-là, il m'est venu l'impertinente et mauvaise idée d'un infarctus en fin d'année 1987. Ce trait d'esprit n'est pas sans pertinence, puisque c'est à ce délire des vaisseaux que je dois les pages qui suivent. Tous furent étonnés : les statistiques ne m'avaient pas prévu, on trouvait l'insolence plutôt saugrenue. Un infarctus à vingt-huit ans...

Entre deux électrocardiogrammes, une piqûre de Calciparine et une prise de sang, le destin se manifesta sous la forme d'une diététicienne aux allures d'anorexique. Austère et d'une maigreur peu avenante – signe toutefois de conscience professionnelle –, elle me fit un cours ennuyeux sur le bon usage d'une nourriture pour moine du désert. La veille de l'accident cardiaque, un repas à six ou sept m'avait permis de confectionner une épaule d'agneau aux pleurotes et céleri. Et il me fallait faire mon deuil de tout cela pour me lancer à corps perdu dans le régime hypocalorique, hypoglycémiant et hypocholestérolémiant. Autant d'invitations à troquer mes livres de cuisine contre un dictionnaire de médecine ou un Vidal. Pâle et chétive, la fonctionnaire des calories me fit une conférence sur les mérites des crèmes allégées, des laits écrémés et des cuissons à l'eau. Fi des sauces pétillantes et des liaisons farineuses ! Il fallait me convertir à l'herbe et aux légumes verts... Dans un sursaut d'héroïsme je déclarai, comme pour faire un mot avant le trépas, que je préférais mourir en mangeant du beurre qu'économiser mon existence à la margarine. Psychologue en diable, mais piètre dialecticienne, elle s'écria, au mépris de toute logique élémentaire, que le beurre et la margarine, c'était la même chose. C'était trop peu de rhétorique... Puisqu'elle excellait plus dans l'oligo-élément que dans la dialectique, je lui dis, du fond de mon lit, que je préférais le beurre... puisque c'était la même chose. Las ! L'affaire tournait au vinaigre. Elle déclara m'abandonner à l'obésité – je venais de perdre sept kilos –, au cholestérol, à la mort prochaine. Elle remballa ses fausses recettes de fausses sauces pour de faux plats et me laissa mariner en secteur postréanimation.

Quelque temps après la diététique des centres hospitaliers et de réadaptation, je retournais à la vie normale... donc aux cuisines normales. Pour préparer à ma diététicienne retorse un plat à ma façon, il me vint à l'esprit qu'un ensemble de recettes pour un gai savoir alimentaire ne serait pas de trop. Il fallait au gendarme une leçon d'hédonisme. C'est pourquoi ces pages existent. Elles ne lui sont pas dédiées...

I

LE BANQUET DES OMNIVORES

PÉTOMANE, onaniste et cannibale, Diogène a convié à son banquet les commensaux les plus emblématiques : Rousseau le paranoïaque herbivore, le chantre du goût plébléien, Kant l'hypocondriaque austère, soucieux de réconcilier l'éthylisme et l'éthique, Nietzsche le germanophobe qui instaure la cuisine piémontaise comme purification de l'alimentation prussienne, Fourier le nébuleux, désireux d'être le Clausewitz de la polémologie nutritive, Sartre, le penseur du visqueux, accommodant les langoustes à la mescaline, ou Marinetti, le gastrosophe expérimental, entremetteur des saveurs les plus inattendues[1].

Du nihilisme alimentaire cynique à la révolution culinaire futuriste se tracent des trajets multiples, ondoyants et divers : ils relient des hommes préoccupés – osons le néologisme – de Diétét(h)ique entendue comme sapience gustative. Sur la table des invités du banquet : un poulpe cru et de la chair humaine, des laitages et des pruneaux sucrés étrangement métamorphosés en choucroute, un chapelet de saucisses et un plat de porexcité, un saucisson cuit dans du café aromatisé d'eau de Cologne, des petits pâtés, des vol-au-vent et des crustacés éventrés. De l'eau pour les abstèmes et du vin pour les jouisseurs. Le médoc de Kant et son élection pour le cabillaud, l'eau de source et les claires fontaines, le lait caillé et les fruits frais de Rousseau.

Les absents sont préoccupés, ailleurs, par leurs commandes ou leurs aliments fétiches : Descartes est trop silencieux, lui qui, bretteur et libertin, jouisseur et malandrin, ne détestait pas, en sa période parisienne, les tavernes où l'on servait au tonneau les crus des coteaux de Poissy – boisson ordinaire de la cour – ou le moins subtil breuvage extrait des collines de Montmartre[2]. On ne sait de lui que ce que le trop austère Baillet a bien voulu dire. Il semble que biographies plus vraies de l'auteur du *Discours de la méthode* seraient biographies plus remplies de femmes, de vins et de duels. Silencieux, aussi, Spinoza dont la vie ressemble à l'œuvre – comme c'est si souvent le cas –, architecture régulière, machine sans surprise, l'apollinisme en forme : « Il a vécu, raconte Colerus, un jour entier d'une soupe au lait accommodée avec du beurre (...) et d'un pot de bière (...); un autre jour, il n'a mangé que du gruau apprêté avec des raisins et du beurre[3]. » Quelques heures avant de mourir, le sage hollandais a mangé du bouillon d'un vieux coq préparé par les gens du logis. Le goût de Baruch semble bien sévère : de la sobriété de l'*Ethique*, de la rigueur des démonstrations, on ne peut inférer l'alimentation d'un Gargantua nouveau.

Entre deux plats paraît Hegel et son vin de Bordeaux. Il tient à la main la lettre qu'il va poster aux frères Ramann et qui dit : « J'ai l'honneur de solliciter encore de votre bienveillance la livraison d'un quartaut de vin – cette fois du Médoc; vous devez avoir reçu l'argent pour le tonnelet : mais je vous prie de m'en envoyer un qui soit bien conditionné, le précédent était pourri à sa partie supérieure, de sorte qu'une partie du vin s'était écoulée[4]. » Dommage que de cette belle mécanique artificielle qu'est l'œuvre de Hegel il faille déplorer l'absence de l'essentiel – les larmes, le rire, le vin, les femmes, la nourriture, le plaisir. Rêvons d'une phénoménologie de l'aliment...

A quelques pas derrière lui chemine le pingre Victor Cousin. Il confia avoir compris la *Critique de la raison pure* de Kant le jour où, dans un restaurant allemand, on porta sur la table un monumental plat chargé de légumes et de décors surmontés d'une mince et ridicule tranche de viande – l'essentiel réduit à peu de chose. Célibataire endurci, radin sans double, pique-assiette invétéré, ce caporal de l'ordre philosophique français n'a de sympathique que sa folie du chocolat pour lequel il se serait damné. Cela explique la nécessité des économies qu'il fit un jour qu'il avait invité Barni, le traducteur de Kant, à déjeuner. Après avoir commandé et mangé un repas plantureux, Cousin prétexta une commission urgente, s'en fut et abandonna l'addition au traducteur esseulé...

Y a-t-il surprise à lire sous la plume du puritain Proudhon, militariste et misogyne de surcroît, une condamnation en règle de la gastrosophie fouriériste transformée en vulgaire « philosophie de la gueule »? Doit-on se surprendre à découvrir un Freud sourd, mélophobe dirions-nous, rétif à la musique, ayant instauré chez lui un rituel alimentaire répétitif lui permettant de retrouver chaque jour sur sa table un pot-au-feu dont seules les sauces changeaient[5]? La résistance à la gastronomie n'est pas sans renseigner sur le genre, l'œuvre et l'homme. Le refus de l'aliment et de la jouissance qu'il procure est parent de l'ascétisme, quelle qu'en soit la forme. Il est aussi cousin du renoncement et générateur des gestions apparemment rationnelles des variétés d'anorexie que sont les logiques diététiques médicales, végétariennes ou végétaliennes.

D'autres pèchent par défaut de conformisme nutritif : ainsi du divin marquis de Sade qui, asservissant l'aliment à la sexualité, porte au pinacle le blanc de poulet dont il fait la théorie : il procure les selles les plus succulentes aux coprophages les plus affamés[6]. Ou d'Anne-Marie Schumann dont l'histoire a conservé le nom simplement parce qu'elle affectionnait tout particulièrement les araignées et qu'elle mettait toute sa coquetterie à les préférer frites[7]. Lointaine parente en cela des commensaux de Claude Lévi-Strauss qui le fêtaient par un cadeau royal consistant en un bol de larves bien blanches et vivantes, craquantes et gigotantes sous la dent, mais finalement dégageant des saveurs subtiles et des parfums délicats[8]. Quelques gnostiques furent aussi soucieux de nourritures rares. Pour ce faire, il faut dire quelques mots des spermatophages et de leurs frères en table les fœtophages. Épiphane, l'évêque de Pavie – Ve siècle après Jésus-Christ –, raconte que, pour gérer les grossesses non désirées, les gnostiques récupéraient les fœtus avec les doigts, les « pilaient dans une sorte de mortier, y mélangeaient du miel, du poivre et différents condiments ainsi que des huiles parfumées[9] ». Le repas se faisait ensuite en commun et la nourriture était consommée avec les doigts. Lointains parents, eux aussi, des Indiens Guayaki visités par l'ethnologue Pierre Clastres qui a décrit le plaisir pris par eux à sucer les pinceaux imbibés de la graisse humaine qui suinte des brasiers où grillent les corps morts[10].

Ni agueusiques, ni originaux, il faut dire quelques mots de ceux qui auraient pu – rêvons un peu – modifier le rituel du 25 décembre et faire de telle sorte qu'on ne fête plus la naissance du messie de Bethléem, mais qu'on fête plutôt la fête : le soir de Noël 1709, à Saint-Malo, naît le philosophe Julien Offroy de La Mettrie. D'abord médecin, auteur d'un traité sur les maladies vénériennes, il est l'auteur d'un admirable *Art de jouir* dans lequel il enseigne l'eudémonisme le plus radical. A table, distingués et sensuels, voluptueux et délicats, les philosophes au goût de La Mettrie sacrifient au pur plaisir. Pendant le repas, « le gourmand gonflé, hors d'haleine dès le premier service, semblable au cygne de La Fontaine, est bientôt sans désirs. Le voluptueux goûte de tous les mets : mais il en prend peu, il se ménage, il veut profiter de tout (...). Les autres sablent le champagne; il le boit, le boit à longs traits, comme toutes les voluptés[11] ». Conséquent et gourmet, on retrouve le philosophe à la table de milord Tyrconnel où un pâté est servi. Dans *L'Homme-Machine*, le penseur avait mis en garde contre les viandes trop peu cuites[12]. A la table du noble, il ne remarque pas l'état avancé du pâté auquel il goûte. La mort est au rendez-vous.

Autre soir de Noël gastrosophique : celui de l'année 1838 au cours de laquelle s'éteint Grimod de La Reynière, Alexandre Balthasar Laurent, l'un des premiers chroniqueurs gourmands, l'un des pères fondateurs de l'écriture gastronomique. Son grand-père – charcutier – avait succombé à l'ingestion d'un pâté de foie gras qui l'avait suffoqué en 1754. Le petit-fils sera digne d'un pareil trépas et brillera par une évidente singularité. Né avec des mains monstrueuses – mi-pattes, mi-pinces –, il cachait ses membres palmés sous des gants blancs qui dissimulaient en même temps un appareillage métallique compliqué lui permettant la préhension.

Sacrificateur à l'humour le plus noir, il posait parfois ses « mains » sur un fourneau brûlant et invitait les spectateurs présents à en faire de même... Il est aussi l'instigateur des déjeuners philosophiques, bihebdomadaires et « semi-nutritifs », pastiches grinçants des rites maçonniques, où il fallait boire dix-sept tasses de café en présence de seize convives, soit dix-sept personnes au total. Le repas était théâtralisé, la nourriture fantasmée. Toujours dans la veine cynique, Grimod éprouvera gastronomiquement la fidélité de ses amis en envoyant des papillons qui annonçaient sa mort à ses relations. Il les invitait à un repas à sa mémoire. Défaits d'un excentrique dont ils se croyaient délivrés pour toujours, les opportunistes à l'amitié tiède s'abstenaient de venir. Les autres se déplaçaient. Pendant le repas funèbre, Grimod apparaissait et démentait la nouvelle en chair et en os. Puis, s'attablant, il poursuivait les agapes avec ses fidèles. La seule véritable indélicatesse qu'il commit fut de rédiger un opuscule intitulé *Avantages de la bonne chère sur les femmes.* Tout eudémoniste digne de ce nom sait qu'il ne saurait y avoir concurrence entre les deux registres, mais complémentarité.

Tant de raisons devraient inviter à sacrer le 25 décembre fête de la fête, prétexte à festins. La rareté des commémorations serait compensée par l'instauration d'autres occasions. Ainsi prendraient corps les moments emblématiques de la philosophie : les melons qui peuplent les rêves de Descartes[13], la pomme qui enseigna la théorie de l'Attraction à Charles Fourier ou l'omelette qui fut la perte de Condorcet[14]...

La diététique est une modalité sérieuse du paganisme, sinon de l'athéisme et de l'immanence. Toute transcendance est congédiée au profit d'une volonté de soi comme gnomon du réel. Plus de risques d'aliénation avec un quelconque recours à l'en dehors ou l'au-delà. Il n'est d'ailleurs pas étonnant qu'indépendamment du mot et des séries multiples d'interprétations qu'il a impliquées, ce soit à Ludwig Feuerbach que l'on doive le célèbre : « L'homme est ce qu'il mange. » Dans ses *Manifestes philosophiques* il écrit : « Obéis aux sens ! Là où commencent les sens cessent la religion et la philosophie[15]. » Et là commence la vie, pourrait-on ajouter. Ailleurs, il affirme que « le corps est le fondement de la raison, le lieu de la nécessité logique », ou que « le monde des sens est le fondement, la condition de la raison ou de l'intelligence[16] ». Il n'est pas sans rapport que Feuerbach soit le premier théoricien de l'athéisme, le premier généalogiste de l'aliénation. Sous sa plume apparaissent pour la première fois les lignes définitives sur le religieux, la religion et ses formes multiples. Le sacré est disséqué, analysé et réduit – comme une sauce. C'est aussi lui qui développe une nouvelle positivité sensualiste plus ou moins héritée d'une certaine tradition matérialiste française, puis sensualiste anglaise. Une modernité se forme dont Nietzsche héritera bientôt et avec lui notre siècle. L'aliment, la nourriture deviennent principes matérialistes d'un art de vivre sans Dieu – et sans dieux.

Une science de la bouche entendue comme voie d'accès à une esthétique de soi n'a pas véritablement vu le jour depuis les injonctions nietzschéennes à s'occuper des choses prochaines, à faire l'histoire des fragments du quotidien. S'il faut se soucier de l'approche de Noëlle Chatelet[17], de celles de Jean-Paul Aron[18] ou de Jean-François Revel[19], il faut aussi compter les silences de la pensée contemporaine sur l'essentiel. Une exception toutefois : le dernier Michel Foucault qui assumera une maladie en même temps qu'un tournant épistémologique dans son œuvre. Avec la fin de son *Histoire de la sexualité* se trouvent magnifiées les logiques essentielles : l'amour, les plaisirs, la sexualité, le corps. Après les passages par les machines sociales à exclure les différences et à produire de la normalité, Foucault s'engage dans les arcanes les plus secrets, mais les plus stimulants. Enfin émergeait un authentique souci nietzschéen des soucis essentiels.

Dans *L'Usage des plaisirs*, la diététique est décrite comme ce que nous pourrions appeler un art sans musée. Elle est lue comme une façon de « styliser une liberté[20] », une logique du corps en même temps qu'une apologie de la maîtrise. Le choix d'un aliment devient vraiment ce qu'il est : un choix existentiel par lequel on accède à la constitution de soi. Une généalogie de la diététique isole le souci médical comme principe fondateur : la santé est l'objectif du diététicien. Il faut lire à ce sujet les textes du corpus hippocratique et poursuivre avec Galien. L'évolution de ce souci marque une autonomie progressive du mobile. Le régime alimentaire devient « une catégorie fondamentale à travers laquelle on peut penser la conduite humaine; elle caractérise la manière dont on mène son existence, et elle permet de fixer à la conduite un ensemble de règles : un mode de problématisation du comportement, qui se fait en fonction d'une nature qu'il faut préserver et à laquelle il convient de se conformer. Le régime est tout un art de vivre[21] ». Manière dont on mène son existence, soit, mais aussi manière de rêver son corps, de fantasmer l'avenir, d'associer l'aliment et le réel dans la futurition. Il n'y a pas de diététique innocente. Elle renseigne sur la volonté d'être et de devenir, sur les catégories archétypales d'une vie, d'une pensée, d'un système et d'une œuvre. D'où l'intérêt de parcourir ce chemin dans l'histoire de la philosophie parmi les doctrines et les livres pour accéder d'une manière plus oblique et inhabituelle aux idées. L'aliment comme fil d'Ariane pour ne pas se morfondre ni se perdre dans un labyrinthe.

L'art de manger, c'est l'art *in fine.* Foucault écrivait : « La pratique du régime comme art de vivre est (...) toute une manière de se constituer comme un sujet qui a, de son corps, le souci juste, nécessaire et suffisant[22]. » Éthique et esthétique confondues, la diététique devient science de la subjectivité. Elle montre qu'il peut y avoir une science du particulier comme rampe d'accès à l'universel. La nourriture comme argument perforateur du réel. Elle est enfin un biais pour la construction de soi comme une œuvre cohérente. La singularité qu'elle autorise, l'élaboration de soi qu'elle permet ont serti le devenir proverbial d'un aphorisme de Brillat-Savarin. Dans la *Physiologie du goût,* ce charmant beau-frère de Charles Fourier écrit : « Dis-moi ce que tu manges, je te dirai qui tu es[23]. »

Mais laissons là la théorie, car du banquet où nous avions risqué un regard viennent de s'enfuir Schopenhauer et Rabelais. Le premier vient de griffonner sur le carnet qu'il tient régulièrement les commentaires gastronomiques que lui ont inspirés ces agapes[24]. Le second tient dans la main quelques recettes dont celle qui dit toutes les vertus aphrodisiaques du vin dans lequel on a étouffé un surmulet, puis celle du beurre de Montpellier qu'il a notée sur son diplôme de médecin...

II

DIOGÈNE
OU LE GOÛT DU POULPE

HEGEL a tort d'écrire de Diogène qu'« il n'y a que des anecdotes à raconter à son sujet[1] » et des cyniques qu'« ils ne sont dignes d'aucune considération philosophique[2] ». La saillie, le trait d'esprit signifient toujours plus que l'apparente évidence. Le philosophe cynique est porteur d'une intraitable volonté de dire non, de débusquer le conformisme à travers les habitudes. Le cynique est la figure emblématique de l'authentique philosophe défini comme « la mauvaise conscience de (son) temps[3] ». A l'idéalisme obsessionnel de Hegel, il faut préférer l'idée fixe de Nietzsche pour lequel le penseur est avant tout de la dynamite, « un terrifiant explosif qui met le monde entier en péril[4] », par la vertu duquel on accède, dans un second temps, au Gai Savoir, à la science de l'allégresse et de la jubilation. Fort de la définition nietzschéenne du cynisme comme « ce qui peut être atteint de plus haut sur la terre[5] », on peut sereinement aborder les contrées sillonnées par Diogène : nous y trouverons l'impertinence avec laquelle il faut compter pour toute nouvelle positivité.

Nos âges d'intraitable mélancolie sacrifient pourtant à toutes les illusions possibles. L'esthétique cynique de Diogène est contrepoison à cette dérive obscurantiste, volonté de lucidité. L'exigence kunique est de plier le quotidien à une forme improvisée mais sobre et pure, débarrassée des scories et de l'affectation parentes des civilisations. Le désir cynique est de saper la confiance dans les idéaux qui sont aussi les principes de l'illusion : le sacré, la convention, l'habitude, la passivité. Il est aussi fort d'un projet positif où l'expérimentation d'une vie naturelle soit condition de possibilité d'une esthétique de soi, d'une salutaire pédagogie du désespoir. Ce « Socrate furieux[6] » qu'était Diogène aurait sans conteste souscrit à l'invitation de Montaigne à créer sa propre vie et pour lequel « notre grand et glorieux chef-d'œuvre, c'est de vivre à propos[7] ».

Le cynique est profondément animé du désir de résoudre le problème de l'existence de manière esthétique. Sa volonté est architectonique : plutôt l'allégresse d'une vie placée sous le signe de la jouissance pure, du plaisir simple, que le désespoir d'un quotidien soumis à la répétition, à l'identique. A un interlocuteur qui lui disait que « vivre est un mal », Diogène répondait : « Non, mais mal vivre[8]... »

Le philosophe au tonneau – bien que l'amphore fût plus pertinente, le tonneau est une invention gauloise – va faire un usage pédagogique des aliments. La clé de voûte de l'édifice théorique cynique est l'affirmation de la supériorité absolue de l'ordre naturel sur tout autre. La civilisation est un auxiliaire de perversion : elle filtre l'innocence positive et cristallise la corruption sur le réel, transformé en objet hideux autour duquel gravitent interdits, scandales et complexes. L'artifice est à bannir. Le projet de Diogène est « le retour à une sauvagerie première » et la nutrition est marquée par cette volonté : « Sur le plan théorique et dans leur pratique quotidienne, les cyniques développent une véritable mise en question, non plus seulement de la cité, mais de la société et de la civilisation. Leur protestation est une critique généralisée de l'état civilisé. Critique qui surgit au IVe siècle avec la crise de la cité et dont un des thèmes majeurs est le retour à l'état sauvage. Négativement, c'est le dénigrement de la vie dans la cité et le refus des biens matériels produits par la civilisation. Positivement, c'est un effort pour retrouver la vie simple des premiers hommes qui buvaient de l'eau des sources et se nourrissaient des glands qu'ils ramassaient ou des plantes qu'ils récoltaient[9]. » Le refus cynique est dirigé contre la norme, la tradition : les lieux communs sont pulvérisés, qu'il s'agisse de politique, de mœurs ou de faits de société. La nourriture est un enjeu dans cette esthétique de la négation.

Au cuit consensuel de l'institution nutritive, Diogène oppose le nihilisme alimentaire le plus échevelé marqué, en priorité, par le refus du feu, de Prométhée comme symbole de la civilisation. Le premier principe de la diététique cynique est le cru. L'ensauvagement du cynique – l'expression est de Plutarque – suppose l'omophagie comme déconstruction du système de valeurs sur lequel repose la civilisation. « Qu'est-ce en effet que l'omophagie, écrit Marcel Détienne, (...) sinon une manière de refuser la condition humaine, définie par le sacrifice prométhéen et imposée par les règles du savoir-vivre qui prescrivent l'usage de la broche et du chaudron? » Il s'agit pour les omophages de « se conduire comme des bêtes (...) afin d'échapper à la condition politico-religieuse (...) par le bas, du côté de la bestialité »[10].

Diogène ira jusqu'aux transgressions les plus sacrilèges : là où les autres consomment cuit, il veut le sang, la viande gorgée. J.P. Vernant voit dans ce souci un parti pris pour « la déconstruction du modèle anthropologique dominant (...). Refuser la chair cuite, c'est surtout refuser le feu que nécessite la cuisson de la viande, c'est en même temps s'opposer à la civilisation que suppose le feu[11] ». Le modèle cynique, c'est la bête, l'animal. A plusieurs reprises, les anecdotes rapportées sur Diogène témoignent de cette volonté de prendre des leçons chez les animaux : le chien, c'est une évidence, mais aussi le cheval, le lion, la souris, le poisson, les oiseaux ou les bêtes de pâturage. Si l'on en croit les anecdotes transmises par Théophraste, Diogène aurait pris la décision de l'ascèse, du renoncement aux jouissances faciles de la civilisation, après avoir vu courir en tous sens une souris transformée à ses yeux en modèle de sagesse.

Dans ce projet de mimétisme, Diogène ne se contentera pas de chair sanguinolente. Diogène Laërce écrit : « Il ne trouvera pas si odieux le fait de manger de la chair humaine, comme le font des peuples étrangers, disant qu'en saine raison tout est dans tout et partout. Il y a de la chair dans le pain et du pain dans les herbes; ces corps et tant d'autres entrent dans tous les corps par des conduits cachés, et s'évaporent ensemble[12]. » Ainsi est assurée la proximité, sinon la parenté avec les animaux, et pas n'importe lesquels, mais les carnassiers les plus cruels, les plus sauvages, tels les loups qui, si l'on en croit Platon, procèdent de l'allélophagie : « Quand on a goûté à des entrailles humaines hachées parmi d'autres provenant d'autres victimes sacrées, il est fatal qu'on soit mué en loup[13]. » Rien n'est plus nocif qu'une pâtée humaine... En agissant ainsi, Diogène sait ce qu'il fait : il cesse d'être un homme et fonde son animalité. En même temps, il introduit des ferments d'apocalypse dans la civilisation qui ne tolère le cannibalisme que sous ses formes rituelles ou lorsqu'il est l'unique réponse à une situation de pénurie. Jamais l'anthropophagie, ailleurs que chez Diogène, n'a relevé de l'acte délibéré, immanent. Toléré, encouragé et soutenu lorsqu'il participe de la manducation magique, religieuse, du crime rituel, le cannibalisme est intégré dans la multiplicité des modalités sociales : assouvissement de vengeance après des guerres claniques, sanction juridique – des Tartares soucieux de droit aux croisés trompés lors de leurs voyages vers Jérusalem –, solution pour contourner la nécessité du manque nutritif. Mais dans une optique nihiliste sociale, il semble que l'allélophagie de Diogène soit une volonté unique sans précédent, sans descendance.

Le goût diogénien pour le sang n'exclut pas un végétarisme pratique. Diogène Laërce rapporte l'essai du philosophe en matière de viande humaine. On ne sait s'il réussit à dépasser ses répugnances à cet égard. Toujours est-il que l'expérience, si elle eut lieu, ne fut pas transformée en habitude. Plutôt un happening en cité grecque. La somme d'anecdotes transmises sur Diogène le montre plus fanatique d'olives et de baies sauvages que de gigots humains.

L'éloge cynique de la vie simple s'accommode avec moins d'ennuis de la frugalité facile sous le soleil hellène. Diogène est plusieurs fois campé en paisible cueilleur de figues, de fruits et de racines. Il boit aux fontaines l'eau fraîche des sources, et la commissure de ses lèvres fut plus souvent reluisante d'eau claire et limpide que d'hémoglobine provocante.

L'approvisionnement de Diogène en matière de nourriture est simple : la nature fournit assez de produits pour qu'on puisse se contenter de cueillette. Il nie de la sorte l'évolution qui conduit de l'improvisation à la planification, de l'errance à l'installation, du nomadisme des pâtres à la sédentarité des éleveurs. Diogène est placé en deçà de la civilisation, avant l'élection de l'habitat qui interdit la marche, la liberté du pérégrin. Cueillir, c'est se condamner à l'imagination, se soumettre au hasard et refuser la sécurité. « Puissé-je, dit le cynique (...), choisir comme nourriture celle que je puis me procurer le plus facilement[14]. » Il faut limiter ses besoins à ceux de la nature. Dion Chrysostome rapporte que « Diogène se moquait des gens qui, quand ils ont soif, passent à côté des sources sans s'arrêter et cherchent par tous les moyens où ils pourront achever du vin de Chio ou de Lesbos. Ils sont, disait-il, beaucoup plus insensés que les bêtes des pâturages. Celles-ci, en effet, quand elles ont soif, ne passent jamais sans s'arrêter à côté d'une source ou d'un ruisseau à l'eau pure et, quand elles ont faim, elles ne dédaignent pas les feuilles très tendres, ni l'herbe qui suffit à les nourrir[15]. » Ainsi pratique-t-on une vie saine, libre condition de longévité.

La vie heureuse sur terre est possible par l'économie de l'inutile et du luxe. La satisfaction des désirs naturels et nécessaires – impératif épicurien – conduit à la jubilation naïve, au plaisir d'être. En fait, les hommes sont malheureux parce qu'ils « recherchent gâteaux de miel, parfums et autres raffinements du même genre[16] ». La frugalité est un autre impératif diététique. L'eau est le symbole de l'ascèse cynique. La simplicité fonde la vérité alimentaire : « Une nourriture suffisante m'est fournie, affirme-t-il, par les pommes, le millet, l'orge, les graines de vesce, qui sont les moins chères des légumineuses, les glands cuits sous la cendre et les fruits du cornouiller (...) nourriture qui permet aux bêtes, même les plus énormes, de subsister[17]. »

Dans une lettre à son disciple Monime, Diogène confie les leçons qu'il doit à son maître Antisthène : « Les coupes auxquelles nous boirons (sont) celles qui, faites d'une mince argile, ne sont pas dispendieuses. Pour boisson, prenons de l'eau de source, pour nourriture du pain et pour assaisonnement du sel ou du cresson. C'est là ce que pour ma part j'ai appris à manger et à boire quand Antisthène faisait mon éducation, non comme s'il s'agissait d'aliments vils, mais bien plutôt d'aliments meilleurs que les autres et davantage susceptibles d'être trouvés sur la route qui conduit au bonheur. » La pratique de cette ascèse, de cette vie philosophique, lui fera conclure, après plusieurs années d'expérience » « J'ai mangé et bu de ces aliments en y voyant non plus matière à exercice, mais matière à plaisir »[18].

Si la pratique cynique de l'alimentation suppose une purification de la façon de s'alimenter, elle invite aussi à une simplification des rites de la nourriture. Ni banquet réglé, ni concentration des activités de la bouche aux salles spécialisées, réservées à cet effet : Diogène s'attaque aux préjugés de l'enfermement des actions qui se proposent la satisfaction d'un désir et l'acquisition d'un plaisir. Contre le corps caché et enfermé, le cynique inaugure une politique du corps montré et exhibé. Là encore la volonté d'excès affermira le trait pédagogique. Dans cet ordre d'idées, Diogène n'hésitera pas à se masturber sur la place publique et à rétorquer, aux consciences offusquées : « Plût au ciel qu'il suffît aussi de se frotter le ventre pour ne plus avoir faim[19]. » Pas plus il ne répugnera à des accouplements publics en arguant qu'une chose aussi simple et naturelle pouvait bien se faire au vu et au su de tout le monde. Masturbation, copulation, pourquoi pas nutrition? Sans complexe, il sortira la nutrition des endroits confinés pour la situer sur la place publique[20] devant les yeux scandalisés des citoyens modèles accoutumés à cacher leurs repas comme des rites tabous.

Aucune existence n'accède à la beauté sans une mort à la hauteur. Celle de Diogène n'est pas sans rapport avec la nourriture. Les traditions prêtent au philosophe plusieurs façons de prendre congé du monde. L'une prétend qu'il en aurait fini avec la vie en retenant volontairement sa respiration. Ou : de la maîtrise. L'autre qu'il aurait été victime d'un chien mécontent de se voir disputer un poulpe cru. Ou : de l'ironie du combat des « chiens ». La dernière suppose qu'il aurait eu raison de l'animal et succombé d'une indigestion après ingestion de son butin. Ou : de la punition des règles alimentaires transgressées. A moins qu'il ne s'agisse d'une façon de rendre conséquentes les pratiques cyniques du maître. Plutarque rapporte ainsi les faits : « Diogène osa manger un poulpe cru afin de rejeter la préparation des viandes par la cuisson au feu. Alors que beaucoup d'hommes l'entouraient, il s'enveloppa de son manteau et, portant la viande à sa bouche, il dit : " C'est pour vous que je risque ma vie, que je cours ce danger "[21]. »

Peu avant de mourir, il avait demandé qu'après son trépas on le jette au-dehors, sans sépulture, en proie aux bêtes sauvages, ou qu'on le culbute dans quelque fossé en le recouvrant d'un peu de poussière[22]. La sépulture que lui donneraient les chiens, les vautours, le soleil et la pluie lui semblait achever de manière pertinente une vie d'ascétisme cynique. Quand on se souvient de l'ardeur avec laquelle Antigone veut éviter que le corps de son frère ne devienne « pâture de choix pour les oiseaux carnassiers[23] » et combien est grande l'horreur d'un corps sans sépulture, on mesure la qualité de la transgression souhaitée par le philosophe. En fait, ultime retournement, Diogène voulait ainsi que son corps fût absorbé par quelque animal – compagnon de fortune – afin de participer au cycle naturel, de se confondre aux éléments. Du mangeur d'animaux crus, Diogène devenait mangé tout cru par les animaux. Animal parmi les animaux. Fidèle donc. Ainsi, jusque dans la mort, il continuait à faire de toute chair un aliment et de tout aliment une chair. Jamais il ne serait donc question d'autre chose que de cette dialectique perpétuelle : manger, vivre/mourir, être mangé. Ingestion, digestion : couple infernal qui prouve l'évidence de l'éternel retour des choses sous le signe alimentaire. De la nourriture comme argument pour le cycle.

Dans son souci de confondre éthique et esthétique, de faire de son existence une œuvre qui participe de sa pure volonté, Diogène a fondé une logique de l'usage de soi où la bouche est orifice de vérité et de sens malgré le silence exigé par toute opération gastronomique. L'aliment accède au statut symbolique et s'intègre dans l'entreprise cynique, nihiliste. Lucien de Samosate fait dire à Diogène : « Notre façon de penser (...) est la censure des autres hommes », et, plus loin : « Je ne fais que ce qui me plaît, je n'ai de société que celle qui m'est agréable »[24]. C'est pourquoi il ne faut pas s'étonner de voir le philosophe rentrer au théâtre par la porte de sortie ou déambuler à reculons sous le portique. Il répondait à ses contradicteurs : « Je m'efforce de faire dans ma vie le contraire de tout le monde[25]. »

La chair crue, le goût provocateur du sang, l'anthropophagie revendiquée, la vie frugale et les repas exhibés sur l'agora, tout cela témoigne d'une puissante volonté de nihilisme, moment négatif soutenu par une volonté ascétique, moment positif de la logique cynique. Dans cette optique, la nourriture a pour fonction d'illustrer la revendication naturelle, de fournir des arguments immanents : elle exprime le refus d'un monde – celui de l'artifice – en même temps que le désir d'un autre – celui de la simplicité. Diogène et son poulpe montrent qu'il ne saurait y avoir de diététique innocente.

III

ROUSSEAU
OU LA VOIE LACTÉE

S'IL fallait une figure emblématique du renoncement en matière de gastronomie, ce serait sans coup férir Jean-Jacques Rousseau. De même, s'il était possible d'entendre par insensé dépourvu de sens et de sensations, le citoyen de Genève serait cet homme-là. Sa chair considère l'aliment, parce qu'il est le seul moyen d'entretenir la vie. Autrement, gageons que Rousseau ferait fi de la nourriture sans grand désagrément.

On sait l'obsession du philosophe à critiquer la modernité, son temps et, corrélativement, son goût pour une humanité naturelle qui n'est rien moins que mythique. Le *Discours sur les sciences et les arts* est l'un des textes les plus dignes de figurer dans une anthologie des écrits obscurantistes : critique du commerce, des mœurs, du luxe, des activités intellectuelles, de la philosophie et de ce qui, globalement, de près ou de loin, relève de la culture. Au sommet de sa lucidité, Rousseau fustige l'imprimerie – « l'art d'éterniser les extravagances de l'esprit humain[1] : – et stigmatise « les désordres affreux (qu'elle) a déjà causés en Europe[2] ».

Toujours en verve, il attaque la philosophie – « vains simulacres élevés par l'orgueil humain » –

et la place en clé de voûte à une généalogie de la décadence : « A mesure que le goût de ces niaiseries s'étend chez une nation, elle perd celui des solides vertus[3]. » En face du philosophe, la figure de vérité est manifeste : c'est celle de l'agriculteur, du laboureur[4]. Contre l'époque, Rousseau propose un modèle réactionnaire, parce que inspiré du passé : la rusticité primitive, celle d'avant la civilisation qui corrompt tout. La vertu réside dans la simplicité, le travail manuel, la pauvreté, l'ignorance : « Le beau temps, le temps de la vertu de chaque peuple, a été celui de son ignorance[5]. »

L'agriculture contre la culture. L'idée fera son chemin. Le discours est sommaire, le mot d'ordre n'est pas loin. Avec Rousseau, la pensée du ressentiment prend corps : le progrès des arts est proportionnel à la décadence de la cité. Supprimer l'inutile, réaliser le nécessaire : Sparte contre Athènes. Pour compléter le portrait, Rousseau se fait l'auteur de la maxime la plus sotte de tous les temps : « L'homme est naturellement bon[6] », puis, corrélation obligée, la Nature est le principe fécond, riche et vrai.

Faudra-t-il s'étonner de lire chez pareil philosophe une critique en règle de la gastronomie? Certes non. L'œuvre entière est une preuve de l'impuissance fondamentale de son auteur à un gai savoir quelconque, donc alimentaire. L'apologie des racines est digne du fanatique spartiate. Le ragoût devient le plat typique de la décadence. Le goût pour le militaire lacédémonien ne fait pas l'ombre d'un doute chez le penseur : la rusticité est la vertu première du va-t-en-guerre.

La thèse sommaire qui fera tant tache d'huile est que « la nature a voulu (nous) préserver de la science[7] » – en quelque sorte que la simplicité originelle est l'antithèse d'une science du goût, d'une gastronomie. Rousseau développe une théorie spartiate – Nietzsche dirait plutôt socialiste, ou chrétienne – de l'aliment.

Gastrosophe socialiste, Jean-Jacques donne dans le populisme tant et si bien qu'on croirait lire l'argumentation plébéienne type en matière de nourriture; le luxe des villes et des bourgeois est la raison de la pauvreté des campagnes et des paysans : « Il faut du jus dans nos cuisines; voilà pourquoi tant de malades manquent de bouillon. Il faut des liqueurs sur nos tables; voilà pourquoi le paysan ne boit que de l'eau. Il faut de la poudre à nos perruques; voilà pourquoi tant de pauvres n'ont pas de pain[8]. » Le luxe est l'instrument de la paupérisation. Voltaire exclu, c'est une idée fixe du siècle des Lumières.

Le principe archétypal du *Discours sur les sciences et les arts* est que « tout est source de mal au-delà du nécessaire physique[9] ». Cet adage vaut pour l'alimentation et le reste. Nietzsche jubilerait : il y a là l'une des maximes du renoncement judéo-chrétien relayé par le socialisme naissant. Manger est un impératif de survie, non de jouissance. L'exégèse des lieux communs aura bientôt à s'occuper du : « Il faut manger pour vivre et non vivre pour manger. » Gare au péché de gourmandise!

La civilisation a étouffé le naturel en nous : découvrir la simplicité, savoir en quoi consiste une vie naturelle, une alimentation saine ne sont pas choses évidentes. Dans l'hypothèse de l'état de nature, l'homme s'alimente de façon correcte parce qu'il fait confiance à son intuition et que celle-ci ne saurait être trompeuse. A l'époque – mythique – « les productions de la terre lui fournissaient tous les secours nécessaires, l'instinct le porta à en faire usage[10] ». Son premier soin était de se conserver.

L'évolution se réalise toutefois. Rousseau isole des changements dans la conformation humaine, des modifications de comportements, des usages nouveaux des membres ou des aliments[11]. Bien que prolifique et généreuse, la Nature se fit difficile et inaccessible – pour quelles raisons d'ailleurs? « La hauteur des arbres, qui l'empêchait d'atteindre à leurs fruits, la concurrence des animaux qui cherchaient à s'en nourrir[12] » et nombre d'autres ennuis obligèrent l'homme à une adaptation. D'où la naissance de l'agilité, de la force et de la vigueur.

Silencieux sur le moteur de l'évolution qui conduit tragiquement à l'irrémédiable – la civilisation –, le philosophe décrit la nature dialectique du mouvement qui conduit à l'élaboré. La rudesse des saisons, la disparité des climats, les impératifs géologiques et géographiques incitent à l'initiative : les hommes qui vivent près des rivières inventent l'hameçon, la pêche, et se rendent maîtres et possesseurs des cours d'eau, des lacs, des étangs et des mers. Ils « devinrent pêcheurs et ichtyophages. Dans les forêts ils se firent des arcs et des flèches, et devinrent chasseurs et guerriers; (...) le tonnerre, un volcan ou quelque heureux hasard leur fit connaître le feu. (...) Ils apprirent à conserver cet élément, puis à le reproduire, et enfin à en préparer les viandes qu'auparavant ils dévoraient crues[13] ». Retenons que le cru est un fait de nature et le cuit un fait de civilisation. Rousseau saura l'oublier pour les besoins de sa démonstration. Nul doute : chez le penseur suisse, l'évolution peut se lire de manière alimentaire : de la cueillette à la pêche et à la chasse, du cru au cuit, des baies aux poissons et viandes crus, puis apprêtés. Le comportement se transformera au fur et à mesure que les modes alimentaires se succéderont. D'une généalogie alimentaire du réel.

Toujours aussi affligé de mutisme quand il s'agit de dire pourquoi une Nature parfaite et bonne est condamnée à évoluer vers l'imperfection et le mal, Rousseau brosse un tableau hypothétique d'une origine de la civilisation. Le nomadisme fait place à la sédentarité, la famille remplace les individus solitaires. Le groupe est né, et avec lui une nouvelle approche de l'aliment. L'homme devient l'instrument de la quête alimentaire, la femme reste au foyer, garde les enfants et prépare les aliments. Dans cette division primitive du travail, le mâle persiste dans un nomadisme d'occasion, la femelle est condamnée à la sédentarité absolue. Les sentiments évoluent, le langage fait son apparition, l'organisation rationnelle de l'intersubjectivité est en germe. L'inégalité approche. Le virage tragique est effectué avec l'invention de la métallurgie et de l'agriculture. Les premiers instruments forgés permettent la culture des « légumes ou racines » autour des habitations.

La nourriture joue un rôle non négligeable dans l'économie rousseauiste du réel. Les activités afférentes à la nourriture – exigence vitale – relèvent de castes : les hommes qui travaillent la terre. Alors qu'ici on produit l'outil, là on produit – à l'aide dudit outil – de quoi assurer la subsistance. Les uns sont à même de produire un superflu. Le désir d'excès est fondateur de l'inégalité. La volonté d'abondance alimentaire est le ferment de décomposition introduit dans l'histoire. La peur du manque nutritif est le principe du négatif. Une économie de pénurie ne poserait pas ce genre de problème. La logique du manque entraîne une compensation dans la surproduction qu'il faut gérer, d'où la propriété, car le stockage.

La faim est donc bien l'argument moteur du réel : c'est elle qui conduit les animaux au combat, à l'entre-déchirement, c'est elle qui mène les hommes à compliquer une existence originellement parfaite. Des fruits sauvages cueillis à même les haies et les fossés aux légumes produits en nombre et emmagasinés, il y a tout le trajet qui conduit de l'errance à l'enracinement. La nourriture de l'errance est simple, saine, naturelle, sa tendance est à la naïveté. Celle de la sédentarité est compliquée, artificielle, malsaine, sa dérive est à l'élaboration gratuite. Rousseau n'aura de cesse d'opposer ces deux logiques pour souhaiter un renouveau de la nourriture des origines. C'est tout le sens de sa critique exacerbée de la gastronomie, science du superflu, de l'inutile et du luxe, argument de la décadence et de la perversion du goût. Il ira jusqu'à écrire : « Il n'y a que les Français qui ne savent pas manger, puisqu'il leur faut un art si particulier pour leur rendre les mets mangeables[14]. » Que signifie donc savoir manger pour Rousseau?

La réponse est simple : savoir manger, c'est consommer simple et rustique, n'accepter que les mets ne nécessitant aucune préparation, ou tout du moins un apprêt minimal. Pour illustrer son propos, Rousseau compare et oppose la table d'un financier à celle d'un paysan. Le menu du terrien : du « pain bis (...) [qui] vient du bled, recueilli par ce paysan; son vin est noir et grossier, mais désaltérant et sain, et du cru de sa vigne[15] ». L'authenticité est signalée par l'économie des transactions entre le lieu qui produit les aliments et la table où ils sont consommés. Le transfert du producteur au consommateur est la seule opération susceptible d'être tolérée. On ne sait ce que fut le repas de l'homme d'argent. Tout du moins peut-on l'imaginer lorsque le précepteur d'Émile pose un matin cette question à son élève idéal : « Où dînerons-nous aujourd'hui? Autour de cette montagne d'argent qui couvre les trois quarts de la table, et de ces parterres de fleurs de papier qu'on sert au dessert sur des miroirs? Parmi ces femmes en grand panier qui vous traitent en marionnettes, et veulent que vous ayez dit ce que vous ne savez pas? Ou bien dans ce village à deux lieues d'ici, chez des bonnes gens qui nous reçoivent si joyeusement, et nous donnent de si bonne crème? » Émile choisira l'excellence : les « ragoûts fins ne lui plaisent pas (...) et il aime fort les bons fruits, les bons légumes, la bonne crème et les bonnes gens[16] ». Du menu, on ne saura rien, si ce n'est que la cuisine des riches se distingue tout particulièrement par les soins qu'elle nécessite, la préparation, l'arrangement. Elle ne vaut pas tant par ce qu'elle est que par ce qu'elle représente : le souci d'un raffinement, d'une composition harmonieuse.

Alors que Voltaire invite ses complices épistoliers à lui rendre visite pour goûter « un dindon aux truffes de Ferney tendre comme un pigeonneau et gros comme l'évêque de Genève », du pâté de perdrix, des truites à la crème et du vin fin[17], Rousseau vante les mérites du laitage, des fruits et des légumes. En matière de mise en scène des repas, il donne dans le champêtre et sacrifie aux joies du pique-nique. L'idéal est d'arranger la dînette « près d'une source vive, sur l'herbe verdoyante et fraîche, sous des touffes d'aulnes et de coudriers (...); on aurait le gazon pour table et pour chaise, les bords de la fontaine serviraient de buffets et le dessert pendrait aux arbres[18] ».

L'Eden, en quelque sorte, la fin du nécessaire au repas : tables, chaises et autres ustensiles.

En matière de convives et de personnel, Rousseau limite les politesses : « Chacun serait servi par tous », on inviterait le paysan qui passerait à proximité, l'outil sur l'épaule, en route pour son travail. Eden communautaire cette fois-ci. Le philosophe n'exclut pas de se faire inviter aux mariages des alentours : « On saurait que j'aime la joie et j'y serais invité[19]. » Les si jolies chansons habituellement assenées lors de ces banquets égaieraient la partie...

Plébéien dans l'âme, Rousseau écrit dans les *Confessions* : « Je ne connais pas (...) de meilleure chère que celle d'un repas rustique. Avec du laitage, des œufs, des herbes, du fromage, du pain bis et du vin passable on est toujours sûr de me bien régaler. » Dans le détail, il précise : « Mes poires, ma Giuncà, mon fromage, mes grisses, et quelques verres d'un gros vin de Montferrat à couper par tranches me rendaient le plus heureux des gourmands[20]. »

Diététicien averti, et désireux de plier l'homme à son désir en partie par la médiation de l'aliment, Rousseau sait qu'un type d'alimentation produit un type d'homme. Il développe cette idée dans *la Nouvelle Héloïse* : « Je pense, écrit-il, qu'on pourrait souvent trouver quelque indice du caractère des gens dans le choix des aliments qu'ils préfèrent. Les Italiens qui vivent beaucoup d'herbages sont efféminés et vous tous, autres Anglais, grands mangeurs de viande, avez dans vos inflexibles vertus quelque chose de dur et qui tient de la barbarie. Le Suisse, naturellement froid, paisible et simple, mais violent et emporté dans la colère, aime à la fois l'un et l'autre aliment, et boit du laitage et du vin. Le Français, souple et changeant, vit de tous les mets et se plie à tous les caractères[21]. » On retrouve cette idée – l'homme est ce qu'il mange – dans les *Confessions* où Rousseau voit dans la diversité des nutritions la cause de la diversité des peuples. Dans sa volonté de gérer le réel, le philosophe a pensé à élaborer « un régime extérieur qui, varié selon les circonstances, pouvait mettre ou maintenir l'âme dans l'état le plus favorable à la vertu[22] ». Parmi les domaines promus efficaces dans le projet : les climats, les saisons, les sons, les couleurs, les bruits, les éléments, l'obscurité, la lumière, le bruit, le silence, le mouvement, le repos et, bien sûr, les aliments – ce que Nietzsche appellera la casuistique de l'égoïsme –, car « tout agit sur notre machine et sur notre âme par conséquent[23] ».

Voilà donc souhaitée une pédagogie de l'aliment. L'*Émile* est le lieu théorique où s'élabore cette technique de la nutrition comme invitation à un social nouveau, sain, débarrassé des scories d'une civilisation décadente. Soucieux de théoriser une pédagogie que sa décision de mettre ses cinq enfants à l'assistance publique ne lui aura pas permis de pratiquer, Rousseau commence par vanter les mérites de l'allaitement – de la mère, ou d'une quelconque autre femme, pourvu qu'elle soit saine. Le lait est l'aliment par excellence. Faut-il rappeler sa symbolique? Certes non...

La Nature pourvoit aux besoins de l'enfant, et « dans les femelles de toute espèce, la nature change la consistance du lait selon l'âge des nourrissons[24] ». L'alimentation de la nourrice sera saine : une paysanne est préférable, car elle mange « moins de viande et plus de légumes que les femmes de la ville; ce régime végétal paraît plus favorable que contraire à elles et à leurs enfants. Quand elles ont des nourrissons bourgeois, on leur donne des pot-au-feu, persuadé que le potage et le bouillon de viande leur font un meilleur chyle et fournissent plus de lait. Je ne suis point du tout de ce sentiment, écrit Rousseau, et j'ai pour moi l'expérience qui nous apprend que les enfants ainsi nourris sont plus sujets à la colique et aux vers que les autres[25]. » Pour argumenter, l'auteur précise que la viande est sujette à putréfaction, au contraire des aliments végétaux : « Le lait, bien qu'élaboré dans le corps de l'animal, est une substance végétale; son analyse le démontre[26] », et le philosophe de donner des arguments de chimiste. Le lait des femelles herbivores est rempli des qualités qui font défaut à celui des femelles carnivores : il est doux, sain et bénéfique. Dans son apologie de la voie lactée, Rousseau vante les mérites du lait caillé. Il s'appuie, pour l'occasion, sur des récits de voyage qui rapportent l'existence de peuples entièrement nourris aux laitages. Enfin, dans l'estomac, le lait se caille et devient solide. Toujours en quête de preuves chez les scientifiques, Rousseau écrit que la présure avec laquelle on provoque le caillage est faite avec des substances en provenance du muscle digestif. La preuve est faite que le lait est un aliment, et qui plus est le plus simple et le plus naturel des aliments. Rousseau ne trouvera pas mieux, le reste est succédané.

Dans son assiette, le citoyen de Genève appréciait particulièrement les nourritures lactées. Il confesse « un goûter délicieux » avec des produits laitiers du Jura : « Des grus, de la céracée, des gaufres et des écrelets[27] », ainsi que deux assiettes de crème. Le philosophe commente : « Le laitage et le sucre sont un des goûts naturels du sexe et comme le symbole de l'innocence et de la douceur qui font son plus aimable ornement[28]. » Ailleurs, il écrit de Julie que « sensuelle et gourmande dans ses repas, elle n'aime ni la viande, ni les ragoûts, ni le sel, et n'a jamais goûté de vin pur. D'excellents légumes, les œufs, la crème, les fruits, voilà sa nourriture ordinaire[29] ». Les femmes, plus proches de la nature – donc du vrai – que les hommes, ont conservé un goût plus sain, moins corrompu par la civilisation. De l'avantage d'une misogynie prise à rebours...

Le goût sain, c'est le goût simple – celui des femmes contre celui des hommes. Il s'oppose aux saveurs fortes et puissantes auxquelles on ne prend plaisir que contraint et forcé par l'habitude. Il s'oppose aussi aux mets composés, aux mixtes. L'aliment miracle et emblématique du pur, du sain, du vrai, du naturel, c'est le lait. Le reste est corruption : « Notre premier aliment est le lait, nous ne nous accoutumons que par degrés aux saveurs fortes, d'abord, elles nous répugnent. Des fruits, des légumes, des herbes et enfin quelques viandes grillées sans assaisonnement et sans sel firent les festins des premiers hommes[30]. » L'eau et le pain complètent cette saine triade. Le refus du sel doit signifier le refus des techniques nécessaires à sa production, donc le refus de la civilisation qui est en fait l'obsession rousseauiste.

Le goût malsain, c'est le goût composé, élaboré. Et l'on voit qu'aux yeux du philosophe est composé tout ce qui n'est pas utilisé dans sa forme naturelle. Le vin, bien sûr, et les liqueurs fermentées font partie de ces produits de la civilisation : fermentation, distillation, conditionnement. Beaucoup trop d'opérations pour des aliments. L'usage de l'alcool est une pratique civilisée et non eudémonique : « Nous serions tous abstèmes si l'on ne nous eût donné du vin dans nos jeunes ans[31]. » Pas de boissons fermentées, pas de viandes non plus, car « le goût de la viande n'est pas naturel à l'homme[32] ». La preuve en est, aux yeux de Rousseau, l'indifférence des enfants à l'égard du régime carné et leur préférence des « nourritures végétales, telles que le laitage, la pâtisserie, les fruits, etc.[33] ». Soucieux de préserver ce penchant au végétarisme qu'il voit naturel chez les enfants, Rousseau écrit : « Il importe surtout de ne pas dénaturer ce goût primitif et de ne point rendre les enfants carnassiers : si ce n'est pour leur santé, c'est pour leur caractère[34]. » La cruauté est produite par l'ingestion de viandes : « Les grands scélérats s'endurcissent au meurtre en buvant du sang[35]. » Suit, en guise de preuve, une citation de Plutarque sur trois pages où les mangeurs de viande sont assimilés, ou comparés, à des dépeceurs de cadavres – l'argument est vieux, Pythagore en fut le parangon.

Toujours confiant en la science, Rousseau va chercher des arguments pour le végétarisme du côté de la physiologie : la configuration des dents, des intestins et des estomacs humains prouve l'adéquation du corps à l'alimentation non carnée. Or Rousseau commet une erreur élémentaire. Si l'aliment produit le corps et l'être, comme l'affirme le Genevois à plusieurs reprises, on peut déduire que c'est parce qu'il est végétarien que tel animal dispose de telle physiologie, et non l'inverse. Distinguant les mêmes dents et intestins chez les animaux frugivores et chez les hommes, Rousseau conclut à la parenté herbivore – et pacifique, par la même occasion.

L'équation rousseauiste est simple : carnivores-guerriers contre végétariens-pacifiques. Dans sa généologie de la civilisation, il va jusqu'à faire du passage de l'état de frugivore à celui de carnassier le moment du passage de l'état de nature à la civilisation : « Car la proie étant presque l'unique sujet de combat entre les animaux carnassiers, et les frugivores vivant entre eux dans une paix continuelle, si l'espèce humaine était de ce dernier genre, il est clair qu'elle aurait eu beaucoup plus de facilité à subsister dans l'état de nature, beaucoup moins de besoin et d'occasions d'en sortir[36]. » Mais pourquoi ladite espèce est-elle devenue carnivore culturellement plutôt que de rester végétarienne naturellement, si la Nature est à ce point pourvoyeuse de perfection? Silence toujours embarrassé du penseur...

Une autre preuve du végétarisme naturel chez les hommes : les espèces qui se nourrissent de végétaux ont des portées moins fréquentes que celles qui s'alimentent avec des viandes. Les humains sont parmi les plus longs à porter leurs progénitures, la preuve est faite de leur collusion avec les herbivores.

Dans la logique de Rousseau, si le mouvement naturel est bon parce qu'il faut faire confiance à la dynamique de l'instinct, comment peut-on expliquer l'existence de peuples mangeurs de chair crue? Dans son *Essai sur l'origine des langues*, Rousseau accable les Esquimaux – « le plus sauvage de tous les peuples[37] ». Comment s'arranger d'une sauvagerie, donc d'une proximité maximale avec la nature, qui se caractérise par l'omophagie? Diogène est le seul conséquent qui fait l'apologie du naturel mais ne commet pas d'impair logique : il justifie le cannibalisme et la consommation de chair crue qui sont des pratiques alimentaires à l'origine de notre humanité.

Dans sa critique de l'artifice, il ne comprend pas le feu : l'élément prométhéen par excellence, le symbole même de la civilisation est accepté par le philosophe qui voit en lui un moyen de procurer un plaisir à la vue, à l'odorat, au corps par la chaleur, une façon de réunir les hommes et de faire fuir les animaux[38]. Par contre, artifice majeur, Rousseau fustige la rationalisation de la production agricole qui permet tous les fruits et tous les légumes en toutes saisons. A la profusion des serres, il oppose le cours naturel des choses : chaque saison produit les aliments qui lui conviennent. Vouloir s'opposer de manière quasi divine au mouvement naturel d'une année, c'est produire l'irrationnel – et le défaut de qualité des produits : « Si j'avais des cerises quand il gèle et des melons ambrés au cœur de l'hiver, avec quel plaisir les goûterais-je quand mon palais n'a besoin d'être humecté ni rafraîchi ? Dans les ardeurs de la canicule, le lourd marron me serait-il agréable ? Le préférerais-je sortant de la poêle à la groseille, à la fraise, aux fruits désaltérants qui me sont offerts sur la terre avec autant de soins[39] ? » L'idée fixe du penseur est ici à l'œuvre : il évolue en plein fantasme de la virginité, de la pureté, de l'irénisme. D'un côté, la perfection – naïveté, innocence, fraîcheur initiale – et sa figure archétypale, le Paysan. De l'autre, l'imparfait – élaboré, compliqué, mélangé – et sa figure emblématique, le Bourgeois. La Nature contre la Civilisation, le Lait contre le Ragoût.

La théorie rousseauiste de l'aliment est spartiate, c'est celle du renoncement, de l'ascèse, celle des règles monastiques. Elle n'est pas sans signifier un dégoût de soi, un mépris du corps – prêt à être étendu à l'humanité entière – que partagent tous les diététiciens du défaut et du manque, plus suspects de gérer leur anorexie que soucieux d'une gastronomie entendue comme gai savoir préoccupé de légèreté et de jouissance.

Faut-il s'étonner de trouver dans la galerie des

végétariens illustres des amateurs célèbres de sang et de chair fraîche? Deux exemples d'herbivores célèbres : Saint-Just qui, lui aussi, était obsédé par la référence lacédémonienne. Dans ses *Fragments d'institutions républicaines* où, bien sûr, il fait la théorie de la liberté, un passage est consacré à l'alimentation des enfants. Au menu : pain, eau et laitages[40]. Second végétarien célèbre : Adolf Hitler. Est-il utile de s'étendre[41]?

IV

KANT
OU L'ÉTHYLISME ÉTHIQUE

La trentaine passée, Emmanuel Kant s'abreuva tant dans l'un des cafés qu'il fréquentait avec habitude et modération qu'il ne put retrouver son domicile sis Magistergasse à Königsberg[1]. Chaque soir, il jouait au billard et aux cartes, chaque midi, il prenait un verre de vin. Jamais de bière. Il était l'ennemi déclaré du breuvage national prussien, « un poison lent, mais mortel[2] », qu'il percevait comme l'une des causes les plus importantes de mortalité et... d'hémorroïdes. Imaginer Kant amateur d'estaminet n'est pas sans étonner. Le piétiste austère, rigoureux, le philosophe ardu et exigeant n'en était pourtant pas moins un buveur et un mangeur averti, au point que son ami le conseiller secret von Hippel lui disait souvent en plaisantant : « Vous écrirez bien encore, tôt ou tard, une critique de la cuisine[3]? » Hélas! il n'y eut pas de Critique de la raison gastronomique. Là même où le penseur analyse le goût – dans sa *Critique de la faculté de juger* –, il ne laisse aucune place à la nourriture.

Lorsqu'il fait la théorie des sens, il détermine ceux qui sont supérieurs et objectifs – le toucher, la vue et l'ouïe – et ceux qui sont inférieurs et subjectifs – l'odorat et le goût[4]. Le nez et le palais sont les organes des fonctions sans noblesse, car « la représentation qui se fait par eux est plus celle de la délectation que de la connaissance des objets extérieurs[5] ». Par l'odorat et le goût, la connaissance ne se fait pas universellement, mais particulièrement, relativement à un sujet – d'où les distorsions perceptives. Le sens du goût « consiste dans le contact de l'organe de la langue, du gosier et du palais avec les objets extérieurs[6] ». Soit. Mais Kant omet d'intégrer l'imagination, la mémoire et l'entendement dans ce processus complexe qu'est la production d'une saveur et d'un jugement de goût bucal. Sans mémoire des saveurs, des mélanges, sans imagination analytique et synthétique, sans saisie globale et particulière par l'entendement, il ne saurait être question de goûter. Et Kant le sait.

L'odorat, précise-t-il, est moins social que le goût qui « favorise la sociabilité à table[7] ». De même, il prévient des saveurs à venir. Kant parle de « l'agrément procuré par l'ingestion ». Mais simultanément l'odorat est une logique solitaire. Sentir, c'est sentir la même chose que tout le monde, en même temps : c'est une nécessité qui « oblige les autres personnes, qu'elles le veuillent ou non, à en partager l'apport; de ce fait contraire à la liberté[8] », alors que le goût permet une jouissance plus grande parce qu'il autorise le choix, l'élection, la prise en considération des préférences, « le convive pouvant ici choisir selon son agrément entre nombre de plats et bouteilles sans que les autres se trouvent contraints d'y goûter[9] ». L'autonomie ainsi préservée, la convivialité s'en trouve magnifiée : parce que logique solitaire, le goût est le sens de la convivance.

L'exercice du goût est solitaire et subjectif : « Plaisir et déplaisir ne relèvent pas de la faculté de connaître en regard des objets, ce sont des déterminations du sujet, ils ne peuvent ainsi être imputés à des objets extérieurs[10]. » Kant préfère les sens qui permettent un jugement universalisable, condition de possibilité d'accéder au Vrai, au Juste ou au Beau. Le goût n'autorise que des jugements de valeur relatifs au goûteur, ce qui ne peut satisfaire le philosophe préoccupé d'une science de l'universel et peu soucieux de théoriser le particulier dont il n'y a pas de science possible. Goûter et sentir ne sauraient faire l'objet d'une théorie critique, c'est pourquoi une Critique de la raison gastronomique ne peut pas avoir été envisagée par Kant lui-même – contrairement à ce qu'affirme son biographe soviétique Arsénij Goulyga[11].

La seule critique possible, pense le philosophe, en matière de goût est celle qui concerne les sensations supérieures : toucher, ouïe et vue. D'où l'analyse des jugements de goût dans la troisième critique et ses objets de prédilection. Précisons toutefois les défauts de Kant en matière d'art : ses références picturales sont maigres, sa connaissance de la peinture limitée, ses recours à la littérature quasi inexistants et son rapport à la musique est rien de moins que celui d'un sourd, amateur de fanfares. Wasianski affirmait qu'« une bruyante musique guerrière avait ses préférences sur toute autre[12] ». Un concert en l'honneur de Moïse Mendelssohn l'avait dégoûté des convivialités musicales et il clamait que la musique ne valait pas le temps qu'on devait lui consacrer si l'on y sacrifiait. La pratique d'un instrument s'effectuait au détriment de choses plus importantes. Ultime défaut, aux yeux du philosophe, la musique est condamnée à n'exprimer que des sentiments, jamais d'idées. D'où son définitif manque d'intérêt. Méfions-nous des philosophes sourds...

Pas de théorie critique du goût alimentaire possible, donc. Objet trop imprécis pour une science ondoyante. On aurait pu rétorquer à Kant que l'imprécision était aussi le lot des autres logiques du goût et qu'il ne saurait être possible de faire une analyse objective de quelque perception que ce soit – visuelle, auditive, olfactive ou gustative aussi bien que du toucher. Dont acte. Cela n'exclut tout de même pas çà et là quelques considérations du philosophe sur l'aliment ou sur la boisson. Sans oublier le solide coup de fourchette kantien dévoué à une pratique nutritive sans ambiguïté. Borowski raconte que « lorsqu'un plat lui plaisait, il s'en faisait donner la recette. Il n'appréciait guère la cuisine compliquée, mais il tenait surtout à ce que la viande soit tendre et le pain et le vin de bonne qualité. Il n'aimait pas manger vite, ni se lever de table aussitôt après le repas[13] ». Entre deux pages de la *Critique de la raison pure*, il faut imaginer Kant recopiant des recettes qu'il donnait à Lampe, son domestique, un peu niais – comme tous les militaires sortis de leurs casernes, ce qui était son cas –, mais obéissant et soucieux de préparer dans les délais le repas que lui commandait Kant tous les jours pour le lendemain.

Sorti de l'état d'ébriété où nous l'avions laissé dans les années 1760, Kant reprendra ses esprits et tirera vraisemblablement les leçons de l'expérience pour faire une théorie de l'ivresse. Dans l'*Anthropologie d'un point de vue pragmatique* elle est définie comme « l'état contre nature fait de l'incapacité à ordonner ses représentations sensibles selon les lois de l'expérience, dans la mesure où cet état résulte de la consommation démesurée d'un breuvage[14] ». C'est aussi « un moyen corporel de stimuler (...) l'imagination[15] », de l'accroître ou tout du moins d'en exacerber le sentiment. Les instruments de cette divine alchimie : les « boissons fermentées, vin ou bière, ou l'esprit qui en est extrait, l'eau-de-vie, toutes ces substances étant contraires à la nature et artificielles[16] ». Kant concède que ces techniques de l'oubli de soi permettent d'échapper à un monde trop rude – « oublier le fardeau qui semble résider originairement dans la vie même[17] ». Le philosophe théorise les effets obtenus : ivresse taciturne par l'eau-de-vie, stimulation par le vin, nutrition par la bière, ces ingestions « servent à la griserie conviviale; avec toutefois cette différence que les beuveries de bière sont plus portées à s'enfermer dans le rêve et bien souvent frustes, alors que celles du vin sont gaies, bruyantes et d'une spirituelle prolixité[18] ». Décrivant les symptômes de l'ébriété qu'il a pu observer – tituber, bredouiller –, Kant condamne l'ivresse au nom des devoirs envers la société et envers soi-même, sans omettre un codicille tempérant : « Mais on peut alléguer bien des arguments pour atténuer la rigueur du jugement, tant il est facile d'oublier et de franchir la limite de la maîtrise de soi, hôte désirant que son invité s'en aille pleinement satisfait par cet acte de la vie sociale[19]. » Dieu sait qu'il est plus facile de tolérer les fautes qu'on a pu soi-même commettre! *Te absolvo.*

Persistant dans l'analyse de cette divine consolation, Kant associe l'ivresse à l'insouciance qu'elle provoque : « L'homme ivre ne sent pas dès lors les obstacles de la vie que la nature doit vaincre sans relâche[20]. » Vertus afférentes, également : la langue déliée, l'ouverture du cœur; l'ivresse permet aussi l'expansion de la moralité : « Elle est véhicule matériel d'une qualité morale, la franchise. Retenir ses pensées est pour un cœur pur un état oppressant, et les joyeux buveurs, pour leur part, supportent mal qu'un homme dans une beuverie se montre très tempérant (...). La permission laissée à un homme de transgresser légèrement et un court moment, dans l'entrain de la réunion, la ligne frontière de la sobriété suppose de la bienveillance[21]. » La griserie libère un autre homme dans le buveur, elle délie une seconde nature qui n'entretient aucun rapport avec le tempérament premier.

Gageons l'enivrement kantien spécialement allègre : l'observation sur soi lui aura permis une savante perception, celle des autres aura suffi à compléter ses informations. L'idée d'un Kant titubant dans les rues de Königsberg n'est pas sans charme : les postulats de la raison pure pratique en paraissent d'autant dénués d'impératifs. Le problème n'est pas si anodin qu'on le croit dans l'esprit du penseur, puisqu'il consacrera d'autres pages à interroger la logique de l'intempérance humaine. Dans la très sérieuse *Métaphysique des mœurs* et dans sa partie « Doctrine de la vertu », Kant intitule un chapitre : « De l'abrutissement de soi-même par l'usage immodéré des plaisirs ou de la nourriture[22] ». Cette fois-ci, l'excès de boisson est associé à l'excès de nourriture et relève du défaut de morale, du manque de respect des devoirs envers soi-même : « L'intempérance animale dans la jouissance de la nourriture est l'abus des moyens de jouissance qui entrave ou épuise la faculté d'en faire un usage intellectuel. Ivrognerie et gloutonnerie sont des vices qui appartiennent à cette rubrique. En état d'ivresse, l'homme est à traiter seulement comme un animal, non comme un homme; en se mettant dans un tel état et en se gorgeant de nourriture, il est paralysé pour un certain temps à l'égard d'actions qui exigent de l'adresse et de la réflexion dans l'usage de ses forces[23]. » L'alcool est assimilé, par Kant, à la drogue et aux substances qui entravent la sagesse, la dignité et la maîtrise de soi. Toujours magnanime, Kant poursuit : « Cet avilissement est séduisant parce qu'il apporte pour un instant un bonheur rêvé, une libération des soucis et même aussi des forces imaginaires, mais il est nuisible en ce qu'il entraîne par la suite abattement, faiblesse et, ce qui est pire, la nécessité de revenir à ce moyen d'abrutissement et même d'en augmenter la dose[24]. » D'où l'avantage d'une ivresse par le savoir… L'inconvénient est donc le défaut de radicalisme de cette consolation : il faut y revenir. Sinon, la technique présentait quelques avantages si l'on en croit le philosophe. La gloutonnerie – la gourmandise dans la traduction d'Alexis Philonenko – est pire que l'ivresse, car « elle n'occupe que la sensibilité en tant que passivité et jamais, comme cela arrive dans le cas précédent, l'imagination où il y a encore place pour un jeu actif des représentations; elle est par conséquent encore plus proche de la jouissance de la brute[25] ».

Dans un paragraphe explicatif, un questionnement casuistique, Kant s'interroge sur le bien-fondé d'une apologie, plutôt que d'un panégyrique, du vin et de ses vertus conviviales. Les techniques d'ivresse qui confinent dans l'isolement et le plaisir solitaire sont radicalement condamnées. L'alcool présente quelques avantages lorsqu'il simplifie l'intersubjectivité, qu'il contribue à l'harmonisation des rapports humains. Le piétiste austère fait place à l'eudémoniste pratique pour le mot de la fin : « Le banquet, écrit-il, invitation expresse à l'intempérance en les deux formes de jouissance évoquées (…), comporte pourtant, outre l'agrément purement physique, quelque chose qui tend à une fin morale, à savoir : réunir longuement beaucoup d'hommes en vue d'une communication réciproque. Toutefois, comme leur nombre justement (lorsqu'il dépasse [...] celui des muses) ne permet qu'une maigre communication (avec ses plus proches voisins) et que par conséquent le dispositif va contre la fin, le grand nombre demeure un encouragement à l'immoralité[26]. » Toute la différence réside dans la permission de la mesure, dans l'autorisation d'un usage qui ne soit pas mésusage.

Concrètement, Kant avait résolu le problème : après avoir longtemps fréquenté les auberges le midi pour son repas, il avait décidé d'en cesser avec les lieux publics pour éviter la promiscuité des rencontres. Après sa décision de prendre ses repas à son domicile, il s'évertua à établir un cérémonial précis lui permettant de ne jamais manger seul, ce qu'il jugeait néfaste d'un point de vue diététique. Une anecdote rapporte à ce sujet que, manquant d'invité un midi, Kant avait envoyé son valet quérir le premier passant venu dans la rue pour l'inviter à prendre son repas en toute convivialité. Généralement, il faisait porter un carton à ses amis le matin, de façon à ne pas les priver, éventuellement, d'un autre rendez-vous. Le cuisinier préparait ce que le philosophe avait commandé la veille. R.B. Jachmann écrit : « Kant était si attentif à ses hôtes qu'il notait avec soin quels étaient leurs plats préférés et il faisait préparer pour eux les mêmes[27]. » Son train de maison était fait pour six personnes, et il mettait en pratique le principe de Chesterton : jamais plus de neuf convives – le nombre des Muses –, mais généralement trois ou cinq. Le repas se prolongeait jusqu'à quatre ou cinq heures. Agé, Kant supprimera les promenades digestives qu'il faisait en fin d'après-midi, à sa sortie de table, pour préférer une ou deux tasses de café et la seule pipe qu'il s'accordait dans la journée.

Ses commensaux étaient toujours les mêmes. S'il accueillit parfois des étudiants – à l'époque, les cours universitaires se donnaient au domicile du professeur –, les habitués étaient : un futur ministre d'État, le gouverneur de Prusse, un général d'infanterie, un duc, un comte, un président de chambre, un conseiller secret, un directeur de banque et un marchand. Maître de cérémonie, le philosophe dirigeait les conversations qui évitaient toujours les lieux communs et les commentaires de ses travaux.

Le repas de midi était le seul de la journée. Le précédent datait de cinq heures le matin et consistait en l'absorption, toujours seul (la présence de son second valet, après un demi-siècle de présence du premier, le troublera au point de l'empêcher d'avaler une seule goutte de son breuvage), d'une ou deux tasses de thé léger. Jusqu'à très tard, il s'interdira le café dont il aimait pourtant l'odeur. Il y sacrifiera dans sa vieillesse pour ajouter un dynamisme qui lui faisait de plus en plus défaut dans ses dernières années.

R.B. Jachmann raconte : « Ses menus étaient simples : trois plats, fromage et beurre. L'été, il mangeait, la fenêtre ouverte sur son jardin. Il avait un gros appétit, et il aimait beaucoup le bouillon de veau et le potage à l'orge et au vermicelle. A sa table, on servait des viandes rôties, mais jamais de gibier. Kant commençait en général ses repas avec du poisson, il mettait de la moutarde presque dans chaque plat. Il aimait fort le beurre ainsi que le fromage râpé, surtout le fromage anglais, bien qu'il prétendît qu'on le colorait artificiellement. Quand les invités étaient nombreux, il faisait servir des gâteaux. Il adorait le cabillaud. " J'en mangerais, disait-il, une pleine assiette, même en sortant de table. " Kant mâchait longuement la viande pour n'avaler que le jus. Il rejetait le reste et s'efforçait de le cacher sous des croûtes de pain, dans un coin de son assiette. Ses dents étaient fort mauvaises et lui donnaient beaucoup de souci. Il buvait un vin rouge très léger, en général du médoc, dont il mettait une petite bouteille près du couvert de chaque invité, et cela suffisait en général, mais il buvait aussi du vin blanc, lorsque le rouge lui faisait un effet trop astringent.[28] »

Le repas terminé, il aimait « boire un coup », selon l'expression du philosophe lui-même. Il avalait un demi-verre de vin dit « stomachique de Hongrie ou du Rhin ou, s'il n'en avait pas, de Bischof » – vin rouge sucré et chauffé avec des écorces d'orange[29]. Celles des feuilles de papier qu'il n'utilisait pas pour ses manuscrits philosophiques servaient de réserve dans laquelle il puisait pour envelopper son verre et garder la chaleur de son contenu. Jachmann précise : « Il pensait que le plaisir de boire était un acte accru quand il avalait en même temps de l'air, si bien qu'il buvait en ouvrant la bouche toute grande[30]. » Le rituel fut longtemps celui-ci. Puis Kant vieillit. Sa santé était déjà bien moyenne : sa vie durant il souffrit de maux d'estomac. Il faut dire que sa médication était appropriée : quelques gouttes amères, le matin, l'avaient dissuadé de l'efficacité d'une pareille pharmacopée, vite remplacée par « un petit verre de rhum, ce qui finit par lui donner des brûlures d'estomac[31]. ». Ni gouttes, ni rhum : à cinq heures du matin, Kant abandonnera de longues années son estomac à son hyperacidité naturelle. Ses digestions étaient irrégulières. La fidélité et le scrupule des biographes sont tels que l'on dispose même de détails sur la constipation kantienne. Les freudiens se réjouiraient : du sphincter et de son rôle dans l'élaboration de l'éthique kantienne...

En fait, Kant détaillera sa nature à plusieurs reprises dans son œuvre. L'un de ses biographes précise que « jamais peut-être aucun homme n'a porté autant d'attention à son corps et à tout ce qui le concernait[32] » que le philosophe de Königsberg. Dans *Le Conflit des facultés*, au chapitre consacré à l'hypocondrie, il confesse : « Pour moi, j'ai, à cause de ma poitrine plate et étroite, qui laisse peu de place au mouvement du cœur et du poumon, une disposition naturelle à l'hypocondrie qui allait même jadis jusqu'à un dégoût de vivre. » Il poursuit : « L'oppression m'est restée, car la cause en est dans ma constitution corporelle. Mais je me suis rendu maître de son influence sur mes pensées et mes actions, détournant mon attention de ce sentiment comme s'il ne me regardait pas du tout[33]. » Le travail de Kant s'est particulièrement porté sur ce qu'il appelle une diététique définie comme « art de prévenir les maladies » et opposée à la thérapeutique, art de les guérir. Un chapitre de l'œuvre est intitulé : « Du pouvoir qu'a l'âme humaine d'être, grâce à une simple résolution ferme, maîtresse de ses sentiments morbides[34] ».

L'hypocondrie, dont il se disait atteint, est définie à plusieurs reprises dans son œuvre. Dans un *Essai sur les maux de tête* il écrit : « L'hypocondriaque souffre d'un mal qui, où qu'il se trouve, traverse vraisemblablement le tissu nerveux dans toutes les parties du corps. Il en résulte principalement une vapeur mélancolique qui se répand dans l'homme, de sorte que le sujet s'imagine avoir toutes les maladies dont il entend parler[35]. » De même dit-il ailleurs de ce sujet qu'« il lui arrive d'être las de lui-même et du monde[36] ». Un autre texte qu'il consacrera aux maladies mentales lui fera déterminer le siège de ces affections psychiques dans les organes de la digestion[37]. On comprend la disposition particulière qu'il manifestait à l'égard des consolations et des techniques apéritives de l'oubli de soi. Le rigoureux maître de l'impératif catégorique est un hypocondriaque pessimiste désireux d'une consolation efficace.

Ainsi élabore-t-il un « système hygiénique » dont le postulat est : domine ta nature, sinon c'est elle qui te dominera. Les principes en sont multiples et divers : en matière de chaleur, Kant invite à garder les pieds au froid et la tête au chaud; en matière de sommeil, dormir peu, le lit est un nid pour les maladies; en matière d'instant propice : penser au bon moment – jamais à table –, synchroniser les activités de l'estomac et celles de l'esprit, respirer au bon moment – pour « supprimer et prévenir les accidents morbides » – les lèvres fermées, et autres détails pittoresques.

En matière d'alimentation, croire son appétit, répéter régulièrement son emploi du temps alimentaire, éviter les liquides en abondance – les soupes – et préférer, l'âge venant, « une nourriture plus forte et des boissons plus excitantes (par exemple du vin)[38] », afin de stimuler adéquatement « le mouvement vermiforme des intestins » et le système circulatoire. Ne pas céder immédiatement à son désir de boire de l'eau. Préférer un seul repas par jour, le midi, afin d'économiser le travail intestinal : « Ainsi l'on peut tenir le désir de dîner, après un repas de midi suffisant, pour un sentiment morbide, que l'on peut maîtriser par une ferme résolution, de telle façon que peu à peu l'atteinte n'en est même plus ressentie[39]. » Kant illustrait ainsi l'idée selon laquelle « le stoïcisme, comme principe de la diététique *(sustine et abs-*

tine), appartient (...) non seulement à la philosophie pratique comme doctrine de la vertu, mais aussi comme science de la médecine. Par suite celle-ci est philosophique à condition que seule la puissance de la raison en l'homme, puissance de maîtriser les sentiments de ses sens par un principe qu'il se donne à lui-même, détermine le mode de vie[40] ». Réconciliée avec la philosophie, la diététique acquiert ses lettres de noblesse : elle est entendue comme argument pour une science de la sagesse corporelle.

Décharné, « desséché comme un pot de terre cuite[41] », se plaignant de manger une choucroute trop douce alors qu'il déjeunait de pruneaux sucrés, consommant la viande très avancée – parce que plus tendre –, mastiquant longuement pour en extraire le jus, abandonnant la fourchette pour une petite cuillère, Kant encombre sa correspondance avec Kiesewetter de betteraves à commander. Octogénaire et récupérant le bénéfice d'une sage diététique, Kant finit sa vie tout doucement, comme en roue libre. En 1798, il avait écrit : « L'art de prolonger la vie humaine nous amène enfin à n'être que toléré parmi les vivants, ce qui n'est pas précisément la condition la plus réjouissante[42]. » Fidèle à lui-même, nourri aux tartines de beurre – pour lesquelles il avait une passion maniaque sur ses derniers temps –, le goût déréglé, l'appétit éteint, lorsqu'il découvrira dans son assiette des aliments mal coupés et de façon irrégulière, il s'écriera : « De la forme, de la forme précise[43]... »

V

FOURIER
OU LE PETIT PÂTÉ PIVOTAL

RAREMENT volonté de modifier le réel a été plus manifeste que chez Charles Fourier, l'étonnant poète de l'utopie sociale. Son œuvre est tendue vers le projet d'un monde nouveau. Son travail a consisté à inventer un style de vie sans précédent, débarrassé du hasard. Le nouvel ordre fouriériste suppose le quadrillage, la place, la situation, le chiffrage et le nom. Avec lui se réalise le projet cartésien, tout du moins théoriquement, dans ses formes les plus absolues et exubérantes : se rendre maître et possesseur de la nature.

Le système proposé par ce philosophe, qui, dit-on, ne riait jamais, n'épargne aucun fragment du réel : les climats seront révolutionnés aussi bien que la morphologie humaine. Le passage de l'état de Civilisation à celui d'Harmonie permettra ainsi de porter la taille de l'homme sociétaire à plus de quatre mètres soixante. De même : dans l'ordre combiné « le terme moyen de la vie sera de cent quarante-quatre ans[1] ». L'intervention sur les astres entraînera la création d'un troisième sexe. Le climat sera transformé : le chaud et le froid seront inversés, les saisons améliorées, les microclimats régentés. En matière de géographie, Fourier prévoyait le déplacement des continents qui porterait l'Amérique du Sud plus au nord et l'Afrique plus au sud. Une tectonique des plaques obéissant à la volonté humaine en quelque sorte. De même des villes seraient permutées. Dans le feu de l'action, les planètes seraient déplacées. Aux fins de ces époques de « régénération de notre race[2] », les hommes se verront pourvus d'un « archibras », membre ornemental et perfectionné, signe distinctif de l'humanité laborieuse œuvrant dans l'efficace. Cet appendice poussera du corps, sera sensible comme une trompe d'éléphant et pourra servir de parachutes. Pour qualifier ce nouveau membre, Fourier parle d' « arme puissante », d' « ornement superbe » de « force gigantesque » et de « dextérité infinie »[3]...

Les rapports humains ne seront pas épargnés par cette logique de la nouveauté. Fi des couples bourgeois, des mariages qui n'entraînent qu'hypocrisie et adultères, de la sexualité classique, exclusive, incomplète, alignée sur le mode de production économique. L'Harmonie fouriériste réorganisera les rapports sexuels ou autres. *Le Nouveau Monde amoureux* présente tous les projets du philosophe en la matière : pêle-mêle il disserte sur les cocus – dont il hiérarchise les soixante-seize sortes (du présomptif au chronique, du ramponné au bardot, du judicieux au trébuchet) –, stigmatise la laideur de l'amour en Civilisation et invite à briser tous les interdits. On autorisera, par degrés – afin de ménager les susceptibilités –, la pratique de l'inceste[4] ou de l'orgie – « besoin naturel de l'homme[5] ». Un souci tout particulier réintégrera tous les exclus de la sexualité dans l'ordre sexuel combiné : bisexualité, gérontophilie et pédophilie deviennent des pratiques institutionnelles.

En fait, le principe fouriériste est d'autant plus

simple que les démonstrations se compliquent : il faut libérer les désirs, laisser libre cours aux pulsions, autoriser l'imaginaire à régenter le réel, en un mot, prendre ses désirs pour la réalité. Il écrit : « Étudions donc les moyens de développer et de ne pas réprimer les passions. Trois mille ans ont été sottement perdus à des essais de théorie répressive : il est temps de faire volte-face en politique sociale et de reconnaître que le créateur des passions en savait sur cette matière plus que Platon et Caton; que Dieu fit bien tout ce qu'il fit; que s'il avait cru nos passions nuisibles et non susceptibles d'équilibre général, il ne les aurait pas créées, et que la raison humaine, au lieu de critiquer ces puissances invincibles qu'on nomme passions, aurait fait plus sagement d'en étudier les lois dans la synthèse de l'attraction[6]. » Fourier emprunte cette notion d'attraction à la physique de Newton : elle lui paraît expliquer le réel en tant qu'« impulsion divine[7] » à laquelle les hommes sont soumis.

L'Ordre nouveau voulu par Fourier est l'Harmonie – ou Ordre sociétaire, Ordre combiné – qu'il oppose à la Civilisation. Entre la Civilisation et l'Harmonie, le monde social passera par le Garantisme et le Socialisme. Ces Séries composées, ou ascendantes, dureront trente-cinq mille ans et déboucheront sur une période pivotale de huit mille ans. La Genèse n'osa pas même cet éden téléologique doté des qualités de la perfection pure. Dans cette économie du devenir idéal, la gastronomie possède une puissance toute particulière.

Le propos fouriériste est d'« organiser la voracité générale[8] », de gérer la gourmandise qui est une passion commune à tous les âges, tous les sexes et toutes les catégories sociales. Elle règne, écrit Fourier dans la *Théorie de l'unité universelle*, « même chez le philosophe qui prêche l'amour du brouet noir, même chez le prélat qui déclame en chaire contre les plaisirs de la table[9] ». Par-delà l'improvisation et l'inadéquat, le théoricien de l'Harmonie veut envisager « ces plaisirs selon les convenances de l'état sociétaire[10] » et pousse la rationalisation dans ses ultimes effets. Au fil des pages, on assiste ainsi à une étrange alchimie qui démontre combien la raison poussée à son paroxysme engendre l'irrationnel et son cortège d'effets séduisants cristallisés sous une poétique. Rien n'est plus roboratif que ce souverain délire qui fait se côtoyer les chiffres, les mots, les idées et les images aux fins synthétiques d'un régime alimentaire.

Cette « nouvelle sagesse hygiénique » vise à l'élévation de « l'appétit du peuple au degré suffisant pour consommer l'immensité de denrées que fournit le nouvel ordre ». Elle est « art d'accroître la santé et la vigueur[11] ». Si la Civilisation est caractérisée par une économie de rareté, de manque et de défaut, l'Harmonie, quant à elle, est riche d'une économie du superflu, d'excès et d'abondance. La pénurie est congédiée au profit d'une production pertinente susceptible de répondre aux besoins de l'Ordre sociétaire.

La logique productive de la Civilisation est volontairement aveugle : elle ignore, à dessein, la demande sous ses formes aussi bien qualitatives que quantitatives. Là où les modernes ne peuvent que constater l'écart creusé entre l'offre inappropriée et la demande insatisfaite, les harmoniens n'ont que l'embarras du choix : « La surabondance deviendra le fléau périodique, comme aujourd'hui la disette[12]. » Ainsi, « pour assurer la consommation de leur superflu, ils seront obligés de descendre aux détails de convenances individuelles, différenciées selon les tempéraments; théorie qui exige le concours de quatre sciences, chimique, agronomique, médicale et culinaire[13] ». La gestion de cette production se fera par une catégorie particulière de savants : les gastrosophes.

Le gastrosophe est avant tout un vieillard : il aura passé quatre-vingts ans et montré à plusieurs reprises son excellence dans les domaines qui constituent sa discipline. Diététicien, agriculteur, médecin, sage et goûteur émérite, c'est lui qui décide en matière de nourriture lors de conciles prévus à cet effet[14]. « Les gastrosophes (...) deviennent médecins officieux de chaque individu, conservateurs de sa santé par les voies du plaisir : il y va de leur amour-propre que le peuple, dans chaque Phalange, soit renommé pour son appétit et l'énormité de ses consommations[15]. » Ces sages gèrent le superflu et construisent l'alimentation des sociétaires selon des principes eudémoniques : la nourriture doit être agréable, légère et susceptible d'un entretien du désir dans sa forme cyclique. La santé et le plaisir sont les deux fins visées par leurs actions. Ils tâchent d'adapter de manière judicieuse les mets aux tempéraments des individus.

A l'autre extrémité de l'âge s'affairent les enfants pour lesquels Fourier développe un soin particulièrement attentif. Il sait leur passion pour la nourriture et souhaite une pédagogie du désir dès les premiers moments de l'existence. Dans le vocabulaire de l'utopiste, il s'agit de déterminer un pivot de culte pour les enfants. Pour ce faire, il interroge les intéressés : « Quelle est leur passion dominante? Est-ce l'amitié? La gloire? Non, c'est la gourmandise; elle paraît faible chez les jeunes filles : c'est que la Civilisation ne leur fournit pas les mets qui conviennent à leur âge et à leur sexe.

Observez les penchants de cent petits garçons. Vous les verrez tous enclins à faire un dieu de leur estomac et combien de pères sont sur ce point émules des enfants. Dès lors, si l'Harmonie établit pour les enfants un culte de la gourmandise, on peut présumer que les pères s'enrôleront volontiers sous les deux bannières et qu'ils joindront au culte de l'amour celui de la bonne chère qui sera exclusif pour les enfants[16]. » La Gourmandise devient l'axe sur lequel le social va se mouvoir. Contre l'état civilisé et ses abominables fruits verts, Fourier va légitimer le sucré. Si la Civilisation est caractérisée par le manque, elle l'est aussi par l'acidité. Conséquemment, l'Harmonie sera distinguée par l'abondance et le sucré. Ce qui explique le projet fouriériste de transformer, en fin de trajet du monde sociétaire, la mer en vaste étendue de limonade. La vérité harmonieuse est sirupeuse : « Les confitures fines, crèmes sucrées, limonades, etc. (...) devront compenser la nourriture économique des enfants dans l'ordre combiné[17]. » Le principe de cette nouveauté gastronomique est exprimé ainsi : « Le fruit allié au sucre doit devenir le pain d'Harmonie, base de nourriture chez les peuples devenus riches et heureux[18]. » Les chérubins seront élevés avec force compotes et confitures, mixtes composés et harmonieux de sucre et de fruits, produits des deux zones de culture du globe.

La pédagogie alimentaire en direction des enfants se fera de manière systématique et raisonnée : très tôt ils assisteront à « des débats gastronomiques sur des préparations culinaires », puis, afin d'allier théorie et pratique, ils goûteront. « Il suffira (...), écrit Fourier, d'abandonner les enfants à l'attraction; elle les portera d'abord à la gourmandise, aux partis cabalistiques sur la nuance de goûts; une fois passionnés sur ce point, ils prendront parti aux cuisines, et du moment où les cabales graduées s'exerceront sur la consommation et sur la préparation, elles s'étendront dès le lendemain aux travaux de production animale et végétale, travaux où l'enfant cuisinera fort des connaissances et prétentions écloses tant aux tables qu'aux cuisines. Tel est l'engrenage naturel des fonctions[19]. » De la sorte, les enfants auront graduellement pris contact avec toutes les parties qui constituent cette science nouvelle qu'est la gastrosophie.

Avec cette méthode, « un enfant de dix ans dans l'Harmonie est un gastronome consommé, capable de donner des leçons aux oracles gastronomiques de Paris[20] ». Fourier n'aime pas ceux qui, en Civilisation, s'improvisent savants dans la chose alimentaire. Il réfute les prétentions des gastronomes de la capitale, qualifiés d'« avortons qui n'ont jamais connu le premier élément de la science dont ils prétendent donner des leçons[21] ». Dans l'Ordre sociétaire, il n'y a pas de castes jalouses de leurs prérogatives artificiellement fabriquées : la cuisine se démocratise, le savoir gastronomique également, la confection savante et esthétique de plats devient « plus ou moins la science de tout le monde[22] ».

Principe didactique dès l'enfance, la gastronomie est aussi un fragment majeur d'une économie généralisée du social chez les adultes. Elle accède au rang précieux de science pivotale : « En régime sociétaire la gourmandise est source de sagesse, de lumière et d'accords sociaux[23] », elle est aussi « le ressort principal d'équilibre des passions[24] ». La technique fouriériste pour assurer la gastronomie dans ses prétentions légitimes à gouverner le social passe par une soumission du gastronomique au religieux.

Le moyen choisi par le philosophe pour confirmer efficacement l'usage jubilatoire et pertinent de l'aliment passe par la promotion de « l'application du système religieux aux raffinements de la bonne chère[25] ». Fourier file la métaphore religieuse, introduit la notion d'orthodoxie gastrosophique et disserte sur « la sainteté majeure ». Cette dernière qualité est reconnue par un diplôme, elle distingue ceux qui, lors d'un concile gastronomique, ont réussi à démontrer la pertinence d'une alliance entre un mets et un tempérament. En termes fouriéristes, les saints majeurs sont chargés « de déterminer l'accommodage puissanciel de chaque mets selon ses degrés[26] ». Moins prosaïquement, ils analysent les modalités d'usage de l'œuf, de ses sauces, de ses accompagnements et des préparations possibles dans l'optique de tempéraments déterminés. De même, ils soumettent à leur sagacité les champignons ou le mariage des fraises et de la crème. Vraisemblablement décidé à clarifier son propos en l'illustrant, Charles Fourier écrit : « Je ne m'arrêterai pas ici à décrire les méthodes suivies par les conciles dans leurs débats, ni la manière dont s'établit le débat entre les prétendants concurrents qui proposent tel accommodage comme adapté à tel tempérament et justifient de l'un par des masses de praticiens, par exemple pour déterminer quand conviennent les fraises à la crème. Il est un moyen fort simple qui est d'observer dans chaque Tourbillon du globe quel rang a dans la gamme passionnelle et matérielle celui qui digère le mieux ce bizarre mélange; il sera tempérament pivotal de la fraise au lait[27]. » Évidemment...

Le concile gastrosophique permet donc la qualification d'orthodoxe à certains mets. Avoir été jugé digne de déterminer une association pertinente est un grand honneur pour le gastrosophe. Les distinctions sont hiérarchisées : les saints relèvent de l'une des trois catégories : « saints oracles ou théoriciens experts à juger des assortiments d'un mets que doit consommer chaque tempérament dans toute phase ou conjoncture », ou bien « saints conditeurs ou praticiens cuisiniers habiles à confectionner les mets en stricte conformité aux canons des conciles », à moins qu'il ne s'agisse de « saints érudits ou critiques mixtes experts consultatifs sur l'une et l'autre fonction[28] ».

Toutes les orthodoxies supposent des schismes, des hérésies. Normalement, ces dissensions sont tuées dans l'œuf par le verbe et la confrontation des résultats : le témoignage par le fait alimentaire est une preuve suffisante de la pertinence gastrosophique d'un mets. Sinon, Fourier concède, au nom de la liberté qui règne en Harmonie, qu'il peut bien exister sans dommage des hérésies locales où seront pratiquées des associations atypiques, limitées géographiquement, en parfaite coexistence avec les vérités gastronomiques. De l'œcuménisme alimentaire.

La pratique libérale des conciles n'exclut pas le recours aux guerres, aux batailles. Théoricien et stratège, Fourier sait que la gastronomie est la politique poursuivie par d'autres moyens. La polémologie fouriériste est réduite à l'aliment. Le combat vise la détermination des « jolis goûts[29] ». Le philosophe est spécialement obsédé par les mirlitons, les petits pâtés, les vol-au-vent et les courges. Il déteste particulièrement ces dernières, et le pain mal cuit dont les pâtes sont gorgées d'eau : « Si les Parisiens n'étaient pas vandales en gastronomie, écrit-il dans *Le Nouveau Monde industriel et sociétaire*, on aurait vu la grande majorité d'entre eux s'élever contre cette impertinence mercantile, et exiger une cuisson suffisante; mais on leur fait croire que c'est le bon genre, le genre anglais qui vient de l'anglais[30]. » Poursuivant dans l'anglophobie, il critique la mode qui veut que l'on mange « de la viande à demi crue, avec des fourchettes courbées à rebours et presque impossibles à manier ». De même, il s'emporte contre la proscription, au déjeuner, des aliments nationaux auxquels on préfère le thé – une « vilenie », une « drogue dont les Anglais s'accommodent forcément parce qu'ils n'ont ni bon vin, ni bons fruits, à moins d'énormes dépenses ».

Fourier est mécontent. En Civilisation, l'adoption de mets se fait par mimétisme, sacrifice à la mode, aux idées du temps. L'essentiel est oublié : l'hygiène, le plaisir et l'efficacité morale des aliments. La ruse préside là où le jugement devrait décider clairement. Le philosophe persiste dans la critique des pratiques nutritives de l'époque. Après les fusées destinées aux Anglo-Saxons, il invective les Italiens par le biais de leur vermicelle – « colle rance » – dont il déplore la vogue. Enfin, les Parisiens sont les plus coupables, ce sont eux qui laissent se réaliser la décadence : ils adoptent les mets étrangers, falsifient leurs aliments, échauffent leurs viandes « par les courses forcées de l'animal à qui le marchand veut faire sauter une étape[31] ». Les agriculteurs ne savent plus élever leurs bêtes ni produire des légumes sains. La barbarie est telle qu'« un enfant de cinq ans élevé en Harmonie trouverait cinquante fautes choquantes au dîner d'un soi-disant gastronome de Paris[32] ». Dans l'état sociétaire, ce genre de faute est impossible. L'adoption d'un mets se fait par approbation gastronomique ou guerre alimentaire.

De ces combats singuliers, Fourier donne le détail. L'objectif est de « déterminer la perfection du moindre mets dans chacune de ses variétés[33] ». Par la suite, ils permettent de promouvoir un pays et de l'élire parmi les meilleurs : il existe, écrit le philosophe, des « renommées de nations (établies) sur des omelettes soufflées ou même fouettées[34] ». Les troupes confectionnent leurs plats et des jurys les dégustent pour choisir un vainqueur. La lutte s'effectue avec « les petits pâtés, les omelettes assorties et les crèmes sucrées[35] ». Les précisions ne manquent pas. Dans les cuisines, c'est le coup de feu : elles « ne préparent que l'objet de thèse qui va décider de la renommée des empires et sur lequel doit se concentrer toute la sollicitude, et tous les soins[36] ».

Prenant les devants d'éventuels détracteurs, Fourier défend ses principes polémologiques : « On va d'abord traiter de puérilité ces batailles sur la palme des crèmes sucrées ou des petits pâtés; on pourrait répondre que ce débat ne sera pas plus ridicule que ceux de nos guerres de Religion sur la Transsubstantiation et autres querelles de mêmes valeurs[37]. » Sûr de lui, il persiste dans le détail. La guerre est l'un des moyens pour déterminer l'excellence d'une hygiène alimentaire destinée aux habitants d'Harmonie. Il faut trouver la perfection susceptible d'engendrer, de produire et de maintenir la perfection.

Les premiers affrontements se font avec des mets connus. Pas de surprise. Les armes secrètes sont réservées pour la fin. Les arguments définitifs destinés à remporter les suffrages sont pour les derniers moments. La dégustation commence. Le combat fait rage. Faisant le bilan des troupes et des modalités de feu, le père de l'Harmonie dénombre : « Cent mille bouteilles de vins mousseux de la Côte du Tigre, quarante mille volailles daubées selon de nouvelles méthodes, quarante mille omelettes soufflées, cent mille punchs d'ordre mixte selon les conciles de Siam et de Philadelphie, etc.[38]. » Ailleurs, il introduit le bruit des bouchons de trois cent mille bouteilles[39] qu'on fait sauter en même temps et comptabilise les plats utilisés pour la cause.

En fait, l'issue du combat se fera par les petits pâtés, arme secrète s'il en est une. Un million six cent mille avaient été confectionnés. Fourier confie pour quelles raisons il a élu ce plat particulier : « Je choisis ce mets, étant fondé à reprocher aux civilisés leur impéritie en ce genre; je les aime beaucoup et suis obligé de m'en priver faute de pouvoir les digérer, ce qui n'arriverait pas si nos cuisiniers savaient les composer pour divers tempéraments, y faire intervenir dans certaines espèces des aromates et vinaigres favorables à tous genres d'estomac. C'est là-dessus que roule le débat en Harmonie. Il faut que les armées belligérantes luttent à qui produira la meilleure série de petits pâtés assortis pour une gamme de douze tempéraments et le pivot, afin que chacun soit pourvu de l'espèce qu'il peut facilement digérer[40]. »

La guerre se conclut donc après l'affrontement aux petits pâtés. Voici comment Fourier narre la reddition : « Les esprits sont tellement satisfaits des nouveaux systèmes de nouveaux petits pâtés et du choix judicieux des vins et de l'excellence des mets nouveaux, que toutes les armées semblent électrisées par la délicatesse de la chère. Les oracles même ont peine à déguiser leur approbation secrète et plusieurs d'entre eux, avant de remonter en voiture, déclarent qu'ils ont digéré le déjeuner et qu'ils seraient prêts à recommencer[41]. » Rien ne peut mieux signifier l'excellence de l'issue : le critère essentiel de l'hygiène alimentaire fouriériste est la digestibilité.

En Civilisation, l'indigestion est la conclusion obligée de tous les repas. En Harmonie, les services sont nombreux parce que adaptés aux tempéraments. La bonne chère est du côté de la qualité, non de la quantité – bien que la légèreté qualitative permette l'abondance quantitative. « L'excellence des mets et des vins doit avoir pour but de hâter la digestion et d'accélérer le désir du repas suivant plutôt que de le retarder[42]. » Fidèle à sa poétique des chiffres – qui enchantait Raymond Queneau –, Fourier découpe la journée en séquences régulières pour légiférer en matière d'emploi du temps gastronomique. Les repas ne doivent pas dépasser deux heures. Dans une journée, on en dénombre cinq : l'antienne, le déjeuner, le dîner, le goûter, le souper. Chaque période intermédiaire est fractionnée en trois par deux séances : un intermède et un goûter qui n'excèdent pas cinq minutes chacun. Une heure et demie sépare ces deux temps. Toutes les stations sont honorées avec appétit. La volonté fouriériste est la maintenance du désir dans son éternel retour : la gestion des jouissances doit se faire avec ce principe moteur. Pour illustrer cette diététique de la mesure, du dosage, cette homéopathie savante, Fourier prend un exemple : « Que penserions-nous, écrit-il dans *Le Nouveau Monde amoureux*, d'un tendre époux, d'un ami de la charte, qui nous dirait : " J'ai tant joui de ma femme cette nuit que je suis sur les dents et je serai obligé de me reposer une huitaine au moins. " Chacun lui répondrait qu'il eût mieux fait de se ménager et se réserver l'usage du plaisir pour les huit jours pendant lesquels il va chômer[43]. » La sagesse passe par l'usage rationnel.

Dosage des mets, dosage des commensaux également. Fourier pense qu'un repas réussi est l'occasion d'une altérité jubilatoire, de rencontres plaisantes. Il consacre quelques lignes à « l'amalgame judicieux des convives, l'art de marier et assortir les compagnies, de les rendre chaque jour plus intéressantes par des rencontres imprévues et délicieuses[44] ». Pour éviter l'ennui, les discussions léthargiques, les niaiseries de table telles qu'elles fusent lors des repas où les convives ne sont pas assortis, Fourier mobilise les ressources de l'Ordre combiné. Il fait se succéder « les repas d'amourettes, de famille, de corporations, d'amitié, d'étrangers, etc.[45] ». De même, citant Sanctorius dont la plume lui paraît bien utile, le philosophe pense qu'« un coït modéré dilate l'âme et aide à la digestion[46] » et qu'en conséquence, il faudra savoir inviter les femmes à remplir leur rôle apéritif...

Tout cela contribue à une hygiène préventive. Avec pareilles médications, qui songerait à la maladie? Quelques-uns, vraisemblablement revêches, imperméables aux plaisirs d'Harmonie. A leur intention, la pharmacopée fouriériste n'est pas silencieuse. Comme on pouvait s'y attendre, elle est alimentaire et attractive. Priorité à l'excipient. Contre la médecine civilisée, le penseur veut réaliser une sagesse nouvelle qui soit « art de guérir les maladies avec un peu de confiture, des liqueurs fines et autres friandises, une cuillère d'eau-de-vie[47] », le tout susceptible d'une infinité de mixtes. Médecine du goût, elle s'appuie sur le bon sens populaire qui sait soigner, depuis toujours, le rhume avec « une bouteille de vin vieux, chaud et sucré, et le sommeil à la suite[48] ». Elle assurerait la liaison des soins et du plaisir par « une théorie des antidotes agréables à administrer dans chaque maladie[49] ». D'où une prise en considération des confitures, du raisin, des pommes reinettes et du bon vin – principes de base.

L'excellence de ces fruits est manifeste si l'on

sait voir en eux des éléments actifs issus des entrailles du cosmos. L'astrologie diététique de Fourier est parmi les morceaux les plus étonnants de l'œuvre complète. Dans la *Théorie de l'unité universelle*, un chapitre est consacré à « la modulation sidérale en fruits de zone tempérée[50] ». Après avoir précisé que l'état sociétaire permettrait la modification des climats, donc des productions et de la productivité, par le déplacement des planètes, Fourier enseigne une théorie de la copulation des astres où – il faut faire ici l'effort du langage fouriériste – en octave majeure, clavier hypermajeur, les poires sont créées par Saturne et Protée; les fruits rouges participent, en clavier hypomajeur, de la Terre et de Vénus; en octave mineure, clavier hyper-mineur, les abricots et les prunes sont engendrés par la combinaison d'Herschel et de Sapho; alors que, clavier hypo-mineur, les pommes sont produites par l'association Jupiter-Mars. Des fruits divers découlent du Soleil et les pêches de l'étoile vestale dite Mercure. Plus précis, l'auteur examine la généalogie des fruits rouges et argumente de la sorte : « Les planètes étant androgynes comme les plantes copulent avec elles-mêmes et avec les autres planètes, ainsi la terre, par copulation avec elle-même, par fusion de ses arômes typiques, le masculin versé de pôle-nord et le féminin versé de pôle-sud, engendrera le cerisier, fruit sous-pivotal des fruits rouges[51]. » Suivent les modalités de naissance des cassis, groseilles, mûres, framboises et raisins où l'on trouve, gratifié d'un point d'interrogation, le cacao.

Ensuite, l'utopiste poétise les aliments, en fait l'histoire, combine sa mythologie personnelle à l'occultisme, une étrange rationalité à une mécanique céleste attractive. Chaque fruit fait l'objet d'une histoire naturelle et symbolique, futuriste et rhétorique. Sur cette question d'une poétique fouriériste, Roland Barthes a écrit des phrases définitives : « Replacée (...) dans l'histoire du signe, la construction fouriériste pose les droits d'une sémantique baroque, c'est-à-dire ouverte à la prolifération du signifiant : infinie et cependant structurée[52]. »

La mûre est ainsi explicitée commc cmblème de la morale pure et simple via un discours lyrique sur la ronce, la noirceur, l'alchimie des couleurs, la logique des teintes, le dionysisme des pousses. Déteinte dans la framboise, la baie devient symbole de fausse morale : rejet des épines, divisée en capsules, elle est le lieu favori des vers. Suivent cerises, fraises...

Dans ce bruit des sphères où il convient de laisser Charles Fourier, inachevé, en compagnie d'un Pythagore toujours réticent aux fèves, on entend comme l'écho d'un chant doux et automnal : celui de l'utopiste – ou des astres? – perdu entre ses miroirs, sacrifiant au doux délire d'une nourriture asservie à l'Harmonie. Le vieux philosophe, qui fut aussi le beau-frère d'un Brillat-Savarin auteur de la *Physiologie du goût*, nous apprend que la vérité poétique ne saurait souffrir de démonstrations. Le péremptoire est sa modalité.

VI

NIETZSCHE
OU LES SAUCISSES DE L'ANTÉCHRIST

La lecture d'*Ecce Homo* invite à considérer la nutrition comme l'un des beaux-arts, ou du moins à faire d'une nécessité la vertu d'une poétique. La science hyperboréenne de l'aliment n'est pas sans parenté avec la gastrosophie fouriériste : le goût est investi d'une mission architectonique dans un essai pour résoudre les problèmes du réel. Nietzsche appelle « casuistique de l'égoïsme[1] » le souci de soi dont relèvent l'alimentation, les lieux, les climats et les délassements. Pareilles préoccupations permettent de faire de sa vie une œuvre d'art. L'idée maîtresse d'un gai savoir actif est dans cette injonction : « Soyons les poètes de notre vie, et tout d'abord dans le menu détail et dans le plus banal[2]. » La diététique est un moment de l'édification de soi.

Le souci nietzschéen des choses prochaines, et uniquement d'elles, suppose cette polarisation sur soi. Le lecteur est averti de la hiérarchie des problèmes telle qu'elle est pratiquée par le philosophe : « Il est une question qui m'intéresse tout autrement, et dont le " salut de l'humanité " dépend beaucoup plus que de n'importe quelle ancienne subtilité de théologien : c'est la question du régime alimentaire. Pour plus de commodité, on peut se la formuler ainsi : " Comment au juste dois-tu te nourrir pour atteindre au maximum de ta force, de la *virtù*, au sens de la Renaissance, de la vertu 'garantie sans moraline'[3]. " » La nouvelle évaluation nietzschéenne fait de la diététique un art de vivre, une philosophie de l'existence susceptible d'effets pratiques. Alchimie de l'efficacité.

Nietzsche, plus que tout autre philosophe, a dit le rôle déterminant du corps dans l'élaboration d'une pensée, d'une œuvre. Très tôt il a établi la parenté entre la physiologie et l'idée : « Le travestissement inconscient des besoins physiologiques sous les masques de l'objectivité, de l'idée, de la pure intellectualité, est capable de prendre des proportions effarantes – et je me suis demandé assez souvent si, tout compte fait, la philosophie jusqu'alors n'aurait pas absolument consisté en une exégèse du corps et un malentendu du corps[4]. » De la métaphysique comme résidu de la chair.

La purification nietzschéenne en matière de corps n'est pas sans faire penser à l'ascèse plotinienne. Il s'agit, pour le fidèle de Dionysos, de familiariser le corps avec les éléments porteurs de légèreté, d'inviter à la danse. Pour une généalogie du dieu des forces obscures, Apollon n'est pas inutile. Le souci diététique est apollinien : il est l'art du sculpteur de soi, de la force plastique et de la maîtrise mesurée. Il est dialectique subtile de la sobriété, de l'énergie contenue et auxiliaire de jubilation. Le dionysisme est alchimie puissante : avec lui, « l'homme n'est plus artiste, il est lui-même œuvre d'art[5] ». La diététique est métaphysique de l'immanent, athéisme pratique. Elle est aussi l'incarnation du principe d'expérimentation fondateur des logiques alcyoniennes : le corps est mobilisé pour une esthétique nouvelle de la connaissance. La gastrosophie nietzschéenne est passage, ouverture sur de nouveaux continents.

Dans *Le Gai Savoir*, Nietzsche invite les penseurs préoccupés de questions morales – les laborieux – à reconsidérer leurs domaines d'investigation. Il constate d'abord que « jusqu'à ce jour rien de ce qui donne de la couleur à l'existence n'a encore eu son histoire[6] ». Rien sur l'amour, la cupidité, l'envie, la conscience, la piété, la cruauté. Rien sur le droit et les peines, sur la division des journées et la logique des emplois du temps. Rien sur les expériences communautaires, les climats moraux, les mœurs des créateurs. Rien non plus sur la diététique : « Connaît-on les effets moraux des aliments? Existe-t-il une philosophie de la nutrition? (Rien que l'agitation qui éclate sans cesse pour et contre le végétarisme prouve assez que pareille philosophie n'existe pas[7]!) »

Une nouvelle histoire de ce type ne manquerait pas d'apporter un savoir précieux. Des surprises apparaîtraient au cours de telles investigations. L'alimentation est sans conteste la cause de plus de comportements qu'on ne l'imagine. Ainsi, après avoir déploré que « l'étude du corps et de la diététique ne (fasse) pas encore partie des matières obligatoires dans toutes les écoles primaires et supérieures[8] », Nietzsche établit qu'un criminel est peut-être un individu qui exige « une intelligence médicale, une bienveillance médicale » susceptibles d'intégrer le savoir diététique dans son mode d'appréhension des cas. On retrouve ici trace du Feuerbach qui affirmait que « l'homme est ce qu'il mange ».

L'alimentation est déterminante du comportement. Il y aurait donc, par la diététique, un moyen de dépasser la nécessité? Comment peut-on concilier l'inexistence du libre arbitre et la possibilité d'agir sur soi, de se construire, de se vouloir? Élire son aliment, c'est élaborer son essence. Nietzsche montre que le choix est ici acceptation de la nécessité, qu'il faut d'abord découvrir. Pour illustrer son propos, il fait référence à Cornaro – un Vénitien auteur d'un *Discours sur la vie sobre* – et à son ouvrage « où il recommande son régime maigre, recette de vie longue, heureuse et aussi vertueuse ». L'Italien pense que le régime qu'il suit est cause de sa longévité. Erreur, écrit Nietzsche. Confusion de la cause et de l'effet, inversion de causalité : « La condition première de la longévité, l'extraordinaire lenteur du métabolisme, la faible consommation énergétique, était la cause de son régime maigre. Il n'était pas libre de manger plus ou moins, sa frugalité n'était pas une libre décision de son " libre arbitre " : il tombait malade quand il mangeait davantage[9]. » En fait, on ne choisit pas son régime alimentaire : on trouve seulement celui qui est le plus en adéquation avec la nécessité de son propre organisme. La diététique est la science de l'acceptation du règne de la nécessité par la médiation de l'intelligence : il s'agit de comprendre ce qui convient le mieux au corps et non de choisir au hasard, suivant des critères ignorants de la nécessité corporelle.

Le souci diététique est illustration pragmatique de la théorie de l'*amor fati* en même temps qu'une invitation à l'ascèse du « deviens ce que tu es ». Le régime est volonté d'adéquation avec soi-même, exigence d'harmonisation de l'appétition et du consentement. Il suppose le choix de ce qui s'impose, l'élection du nécessaire. D'où la jubilation et la satisfaction d'être si avisé.

Comment procéder pour faire de nécessité vertu? D'abord en déterminant le négatif, ce qu'il ne faut pas faire. Ensuite se distinguera le positif, ce qu'il faut faire. La diététique négative est celle de la quantité. La diététique positive, celle de la qualité. « Fi des repas que font aujourd'hui les hommes, au restaurant comme partout où vit la classe aisée de la société[10]. » La surcharge de la table signale la volonté de paraître : « Que signifient ces repas ? – Ils sont représentatifs ! – Mais de quoi, juste ciel ? De la classe ? – Non, de l'argent : on n'a plus de classe[11]. » Du repas comme signe extérieur de richesse.

Nietzsche part en guerre contre « l'alimentation de l'homme moderne (...) (qui) s'entend à digérer bien des choses, et même presque tout – c'est là qu'il place toute son ambition ». L'époque est moyenne : elle vit entre le plantureux et le précieux. En attendant, « l'homo pamphagus n'est pas l'espèce la plus raffinée[12] ». La vulgarité est dans l'indistinct. L'omnivore est une erreur.

Le défaut de qualité, le manque de souplesse, de légèreté, de finesse, caractérisent les alimentations négatives dont l'archétype est la cuisine allemande. Cette cuisine *alla tedesca* est caractérisée par « la soupe avant le repas (...); les viandes trop bouillies, les légumes rendus gras et farineux; les entremets qui dégénèrent en pesants presse-papiers[13] ». Le tout copieusement arrosé d'alcools, de bière. Nietzsche répugne à la boisson nationale qu'il rend responsable de toutes les lourdeurs de civilisation. Il dénonce la « lente dégénérescence (qu'elle) provoque dans l'esprit[14] ». Pas d'alcool non plus. Dans un passage autobiographique, Nietzsche confie : « Assez curieusement, alors que je suis si facilement indisposé par de petites doses d'alcool fortement étendu d'eau, je deviens presque un matelot lorsqu'il s'agit de fortes doses[15]. » Il en fit l'expérience au lycée. La mesure, c'est un verre – de vin ou de bière – par repas. Le pain est aussi à supprimer : il « neutralise le goût des autres aliments, il l'efface; c'est pourquoi il fait partie de tous les repas[16] ». Parmi les légumes, les féculents sont à bannir. Dans le riz consommé de manière excessive, Nietzsche voit étrangement une invitation à consommer de l'opium et des stupéfiants. Dans le même ordre d'idées, il associe les pommes de terre en excès à l'usage de l'absinthe. Dans les deux cas, l'ingestion produirait « des manières narcotiques de penser et de sentir[17] ». Les raisons du philosophe sont obscures. Aucune tradition orale ou symbolique, aucune coutume ne fournit d'arguments en ce sens.

Le végétarisme n'est pas plus une solution. S'il fut l'élection de Wagner pendant quelque temps – et d'Hitler par la suite –, il ne correspond pas à la volonté de Nietzsche. Pour lui, le végétarien est « un être qui aurait besoin d'un régime fortifiant[18] », un être épuisé par les légumes là où les autres le sont par ce qui leur fait du mal. Toutefois, par amitié pour Gersdorff, Nietzsche expérimentera quelque temps le tout légume. Dans une lettre à son ami, il s'ouvre au préalable de ses réserves : « La règle que fournit l'expérience en ce domaine est la suivante : les natures intellectuellement productives et animées d'une vie affective intense ont besoin de viande. Tout autre régime ne peut convenir qu'aux paysans et aux boulangers, qui ne sont que des machines à digérer. Cependant, afin de te montrer mon courage et ma bonne volonté, j'ai jusqu'à présent observé ce régime, et je le ferai tant que tu ne m'auras pas donné toi-même la permission de vivre autrement (...). Je te concède que le régime des auberges nous habitue à un véritable " gavage " : aussi, me refusé-je désormais à y prendre le moindre repas. Je comprends tout aussi bien qu'il puisse être extrêmement utile, pour des raisons diététiques, de s'abstenir quelque temps de viande. Mais pourquoi, selon les mots de Goethe, en " faire une religion ", ainsi que le comportent inévitablement toutes les fantaisies de ce genre ? Lorsque l'on est mûr pour le régime végétarien, on l'est généralement pour la " macédoine " socialiste[19]. » C. P. Janz, le biographe de Nietzsche, ne comprend guère le rapprochement, sinon qu'à l'époque où le philosophe écrit cette lettre de Bâle – septembre 1869 – la ville accueille le IVe Congrès de l'Association internationale des travailleurs et Bakounine[20]. Il n'en est rien. En fait, le végétarisme a son représentant illustre en Rousseau : il en fait le régime alimentaire le plus proche de celui que connaît l'homme primitif. L'auteur de l'*Émile* met d'ailleurs en garde les carnivores : « Il est certain que les grands mangeurs de viande sont en général cruels et féroces plus que les autres hommes[21]. » D'où l'équation viande-force-cruauté, légumes-faiblesse-douceur qui induit une partition en forts et faibles, en aristocrates, élites, et démocrates, socialistes.

La diététique nietzschéenne est science de la mesure : ni excès (riz, pommes de terre), ni carences (viandes), et proscriptions (alcools, excitants) – de quoi promouvoir une harmonie, une adéquation entre la nécessité et l'usage hygiénique.

C'est pour avoir méconnu ces règles élémentaires de la nutrition que les ménagères ont produit une Allemagne épaisse, sans subtilité, encombrée. Nietzsche critique « la sottise dans la cuisine », attaque « la femme en tant que cuisinière » et stigmatise « l'effroyable inintelligence avec laquelle elle s'acquitte de cette tâche : nourrir la famille et le maître de maison. » Ainsi, « c'est par les mauvaises cuisinières, par l'absence totale de raison dans la cuisine, que l'évolution de l'être humain a été le plus longtemps retardée, le plus gravement compromise; il n'en va guère mieux de nos jours[22] ». Depuis longtemps règne l'idée stupide qu'on peut produire à moindres frais un homme selon des désirs préétablis : eugénisme sommaire ou gestion mystérieuse des corps. Nietzsche donne dans ce lieu commun et pense qu'une alimentation adéquate est susceptible de produire une race précise, avec des qualités distinctes. La nourriture comme moyen de sélection. Un dosage harmonieux produirait une vitalité maîtrisée, car « les espèces qui reçoivent une nourriture surabondante (...) tendent bientôt très fortement à la différenciation du type et sont riches en phénomènes et en cas monstrueux[23] ». Platon avait donné dans une mythologie aussi sommaire de la diététique comme instrument de l'eugénisme. Nietzsche, fort heureusement, ne poursuit pas dans ce sens. L'hypothèse reste, semble-t-il, unique dans l'œuvre et sans développement ultérieur. Son absence de souci majeur pour les solutions collectives lui fera contenir la science de la nutrition à des fins uniquement particulières.

A la cuisine allemande, lourde et dépourvue de subtilité, Nietzsche oppose celle du Piémont, qu'il voit légère et aérienne. Contre l'alcool, il vante les mérites de l'eau et confie qu'il ne se sépare jamais d'un gobelet pour boire aux fontaines dont Nice, Turin ou Sils sont riches. Contre le café, il invite au thé, seulement le matin, peu mais très fort : « Le thé est très nocif et indispose pour toute une journée quand il est trop faible, ne serait-ce que d'un degré[24]. » Il aime aussi le chocolat et le recommande dans les pays au climat énervant incompatible avec la théine. Il comparera les mérites respectifs du cacao hollandais Van Houten et du suisse Sprüngli[25].

Outre la nature et la qualité de l'alimentation, Nietzsche intègre dans la diététique les façons de se nourrir, les modalités du repas, les exigences de l'opération nutritive. Le premier impératif est de « connaître la taille de son estomac[26] ». Le second, de préférer un repas copieux à un repas léger. La digestion est plus facile quand elle concerne un estomac plein. Enfin, il faut mesurer le temps passé à table : ni trop long, pour cause d'encombrement, ni trop court, pour éviter l'effort du muscle stomacal et l'hyper-sécrétion gastrique.

Sur la question du régime alimentaire, Nietzsche confesse avoir fait « les pires expériences possibles ». Il poursuit : « Je m'étonne de ne m'être posé cette question que si tard, d'avoir tiré si tard " raison " de ces expériences. Seule la parfaite futilité de notre culture allemande – son " idéalisme " – m'explique dans une certaine mesure pourquoi, sur ce chapitre, j'étais arriéré comme un bienheureux[27]. » Toute la correspondance avec sa mère témoigne, de fait, du caractère sauvage de son mode de nutrition, et ce pendant toute son existence. A aucun moment Nietzsche ne semble vouloir se défaire de la charcuterie et des aliments riches en graisses.

En 1877, son programme alimentaire était le suivant : « Midi : bouillon Liebig, un quart de cuiller à thé avant le repas. Deux sandwiches au jambon et un œuf. Six, huit noix avec du pain. Deux pommes. Deux morceaux de gingembre. Deux biscuits. Soir : un œuf avec du pain. Cinq noix. Lait sucré avec une biscotte ou trois biscuits[28]. » En juin 1879, il en est toujours au même point, mais ajoute des figues et multiplie sa consommation de lait – vraisemblablement pour atténuer ses douleurs d'estomac. La viande est presque absente, elle coûte cher. Dans les années 1880, une grande partie de la correspondance avec sa mère consiste en commandes de saucisses, de jambons – dont il déplore le salage sans subtilité –, et en invitation à cesser les envois de poires. A l'époque de l'Engadine, il est soucieux de son ravitaillement et n'a de cesse de s'assurer qu'il pourra bien acheter ses boîtes de corned-beef. En 1884, ses lettres disent tout le drame de son corps délabré : maux d'estomac, violentes migraines, troubles oculaires, vomissements; il se contente alors d'une simple pomme pour déjeuner. La lecture du *Manuel de physiologie* de Foster le convertit à une cure de bières anglaises – *stout and pale ale*. Il en oublie ses anathèmes contre la boisson préférée de ses compatriotes, mais c'est pour faciliter son sommeil – tout du moins c'est ce qu'il croit. L'année suivante, à Nice, il déjeune de pain de gruau et de lait, puis dîne à la pension de Genève « où tout est joliment rôti et sans graisse », au contraire de Menton où l'« on cuisine à la wurtembergoise. »[29]

Les laitages apparaissent en 1886, à Sils. Dans une lettre à sa mère, il vante les mérites du « fromage blanc arrosé de lait fermenté, à la manière russe ». Il précise : « J'ai maintenant trouvé quelque chose qui semble me faire du bien – je mange du fromage de chèvre, accompagné de lait (...). Et puis j'ai commandé cinq livres de légumes secs directement de l'usine! (...) Laissons donc le jambon pour le moment (...). Oublie également les plaquettes de soupe[30]. » Si l'estomac dut effectivement trouver son compte aux laitages, l'apport des légumes secs n'est pas pour faciliter les digestions. Quant à la charcuterie, il semble en faire son deuil moins par souci diététique que parce que les salaisons sont infectes et déplorables. Le manque d'argent lui interdit toutefois les repas copieux qu'il souhaiterait. Pauvreté et délabrement physique faisaient une nécessité bien épaisse et réduisaient d'autant la latitude des choix. Le manque de viande est ce qui le contrarie le plus.

A Sils en août 1887, il passe ses quartiers d'été à l'*Albergo d'Italia* et mange une demi-heure avant tout le monde pour éviter le bruit causé par la centaine de pensionnaires, dont de nombreux enfants. A sa mère, il dit son refus de « se laisser gaver en masse. Je mange donc seul (...) : chaque jour un beau bifteck saignant avec des épinards et une grosse omelette (fourrée à la marmelade de pommes) (...). Le soir, quelques petites tranches de jambon, deux jaunes d'œufs et deux petits pains, et rien de plus[31]. » Le matin, à cinq heures, il se confectionne une tasse de chocolat Van Houten, se recouche pour se réveiller une heure plus tard et avaler un grand thé.

La charcuterie persiste pourtant à une place de choix dans sa correspondance – « jambon façon wieloise » ou « saucisson de jambons » –, puis miel, rhubarbe en morceaux et gâteaux de Savoie. Sa dernière année de lucidité – 1888 – il a banni le vin, la bière, les spiritueux et le café. Il ne boit que de l'eau et confesse une « extrême régularité dans (son) mode de vie et d'alimentation[32] ». Mais il donne toujours dans l'association bifteck-omelette, jambon-jaunes d'œufs crus et pain. Cet été-là, il prend commande de six kilos de jambon saumoné pour quatre mois. Lors de la réception des colis de sa mère, Nietzsche accroche les saucisses – « délicates au toucher » – sur une ficelle pendue à ses murs : il faut imaginer le philosophe rédigeant *L'Antéchrist* sous un chapelet de saucisses...

A quelques semaines de l'effondrement, Nietzsche consomme – enfin – des fruits. A Turin où il séjourne, il confie que « ce qui (l'a) jusqu'à présent le plus flatté, c'est que les vieilles marchandes des quatre-saisons n'ont de cesse qu'elles n'aient choisi à (son) intention leurs grappes les plus mûres[33] ». Il faut attendre cette époque pour voir apparaître fruits et légumes dans l'alimentation du penseur. Jamais il n'est question de poisson. A Nice où la fraîcheur des approvisionnements était assurée, il semble ne manifester aucun intérêt pour les produits de la mer.

Quoiqu'il s'en défende, Nietzsche pratique une diététique de la lourdeur – lourdeur méridionale, certes, lourdeur du Sud, mais lourdeur tout de même. Si la cuisine tudesque est sans conteste parmi les plus épaisses et indigestes, la cuisine piémontaise qu'il lui oppose n'est guère plus éprise de légèreté : hormis la truffe blanche, sa spécialité, le Piémont produit surtout des ragoûts, des pâtes, rien de très aérien. Il n'y a aucune inflexion nette dans la biographie nietzschéenne en matière de diététique pertinente. Il écrit : « En fait, jusque dans ma maturité avancée, j'ai toujours mangé mal, ou, pour l'exprimer moralement, de manière impersonnelle, désintéressée, altruiste, pour le plus grand profit des cuisiniers et autres frères en Christ[34]. »

En fait, son estomac détraqué, sa physiologie déplorable, son corps délabré, sa pauvreté, son existence d'errant condamné aux pensions de famille plus connues pour leurs nourritures rentables que pour leur souci gastronomique, tout allait contre une diététique soucieuse d'efficacité. Là où l'on attendait poissons, cuissons à l'eau ou à la vapeur – sa mère lui avait acheté et fait parvenir le matériel nécessaire –, Nietzsche consomme saucisses, jambon, langue, gibier, chevreuil[35]...

S'il fallait être nietzschéen, on devrait se souvenir qu'il écrit dans les *Considérations inactuelles* : « J'estime un philosophe dans la mesure où il est capable de fournir un exemple[36]. » A pareille aune le philosophe est discrédité. Jamais Nietzsche ne mettra en pratique la diététique qu'il théorise. Au bord de la folie, il écrivait dans son dernier texte : « Je suis une chose, ce que j'écris en est une autre[37]. » La diététique nietzschéenne est en fait une vertu rêvée, un souci fantasmé, une conjuration de l'ingestion susceptible de devenir indigestion. L'aliment est l'*analogon* du monde. Faute d'avoir été poétique effective, la rhétorique nietzschéenne de la nutrition reste une esthétique de la liaison harmonieuse entre le réel et soi, mais une esthétique rêvée, là encore. Le régime alimentaire relève également d'une volonté de produire son corps, de désirer sa chair. Devant la nécessité pure de la dysharmonie, Nietzsche ne pouvait pas économiser une volonté aussi prometteuse : la transparence de l'organisme, la fluidité des mécanismes, la légèreté de la machine.

La diététique nietzschéenne est une dynamique essentielle de la confusion de l'éthique et de l'esthétique, l'un des beaux-arts dont la finalité est le style du vouloir. Elle est un auxiliaire de l'exercice jubilatoire de soi, tout du moins de l'effort vers l'allégresse. Art de soi, conjuration de la nécessité, technique de l'immanence, elle vaut comme logique théorique et comme volonté d'ennoblissement du corps par un style de vie noble. De quoi donner forme à Dionysos quand le Crucifié persiste en remugles. Du gai savoir.

VII

MARINETTI
OU LE POREXCITÉ

Obsédé par la modernité sous toutes ses formes, Marinetti souhaitait l'anéantissement de Venise, ville passéiste vouée au sentimentalisme et à la décadence. La place Saint-Marc serait devenue le lieu d'un vaste parc automobile. De ce joyau émergé de la lagune, il voulait faire une grande puissance industrielle et militaire susceptible de dominer l'Adriatique et d'assurer la suprématie guerrière de l'Italie en Méditerranée, puis dans le monde.

Les futuristes feront flèche de tout bois pour assurer leur révolution : l'urbanisme, soit, mais aussi la musique, le vêtement, le cinéma, le roman, autant de domaines oubliés par le surréalisme. La cuisine fut aussi intégrée dans le projet d'une transmutation de toutes les valeurs anciennes.

Avec Marinetti, la gastronomie devient l'instrument d'une volonté absolue de changement. Par l'alimentation, il entend révolutionner le réel, lui donner formes nouvelles quelque peu inspirées de la légèreté nietzschéenne, de la passion du philosophe de Sils pour l'aérien. La cuisine marinettienne est l'équivalent chez Marx de l'organisation du prolétariat en classe révolutionnaire : par la nourriture, il est possible de créer l'essence d'une vie nouvelle.

La fureur négative des futuristes en matière alimentaire s'est prioritairement portée sur les pâtes, ennemies jurées de l'Italie de demain, symboles de l'Italie du passé. « Nous autres futuristes, écrit Marinetti, dédaignons l'exemple de la tradition pour inventer à n'importe quel prix un nouveau que tous jugent insensé. Tout en reconnaissant que des hommes mal ou grossièrement nourris ont pu réaliser de grandes choses dans le passé, nous proclamons cette vérité : on pense, on rêve et on agit selon ce qu'on boit et ce qu'on mange[1]. » Les pâtes sont, à dire vrai, les nourritures emblématiques italiennes, l'*analogon* de la Péninsule. Les attaquer, c'est saper l'édifice même de la civilisation. Macaronis, nouilles et spaghettis signifient l'Italie.

L'ingestion de pâtes produit un corps déterminé, « cubique, massif, plombé de compacité opaque et aveugle[2] », plus proche du fer, du bois, de l'acier que des matériaux nobles aux yeux des futuristes – l'aluminium caractérisant la cristallisation de la légèreté, de la lumière et de l'élan.

Les vertus marinettiennes sont l'agilité, la danse nietzschéenne et le pied léger. Pour les réaliser, il faut abolir cette religion gastronomique des pâtes qui entrave la spontanéité, produit des sceptiques ironiques et sentimentaux : « Les pâtes (...) entortillent les Italiens et les entravent comme autrefois les lents fuseaux de Pénélope ou les voiliers somnolant dans l'attente du vent. Pourquoi les laisser s'opposer encore avec leur lourde masse à l'immense réseau d'ondes courtes et longues dont le génie italien à couvert océans et continents, aux paysages de couleurs, de formes, de bruits que la radiotélévision fait naviguer autour du globe ! Les défenseurs des pâtes les traînent dans l'estomac comme des boulets ou des ruines, tels des forçats ou des archéologues. Souvenez-vous enfin que l'abolition des pâtes libérera l'Italie du blé étranger si coûteux et favorisera l'industrie italienne du riz[3]. » Ainsi Marinetti associe la vertu esthétique et le souci économique : la fin des pâtes, c'est, en même temps que la fin de la soumission du corps à la lourdeur, la fin de la soumission du pays aux marchés étrangers, c'est en même temps la possibilité de réaliser l'autonomie marchande d'une nation, de permettre l'écoulement de la production nationale de riz, de libérer la chair des entraves de la gravité. En des sens multiples, la mort des pâtes signifiera la renaissance du corps – corps singulier et corps politique. De la diététique comme principe économique.

La révolution alimentaire futuriste prendra en considération les vertus nutritionnelles et les besoins. L'économie gérera les modalités du boire et du manger dans l'optique de la rationalisation. Marinetti formulera cette exigence lors du repas servi à *La Plume d'Oie* à Milan. Son discours exprime les deux temps séparés par la transmutation copernicienne qu'il opère : avant/les pâtes, après/le riz, avant/la répétition, après/l'imagination. L'Italie figée du passé contre l'Italie mobile du futur. Ainsi : « Je vous annonce le prochain lancement de la cuisine futuriste pour le renouvellement total du système alimentaire italien, qu'il est urgent d'adapter aux besoins des nouveaux efforts héroïques et dynamiques imposés à la race. La cuisine futuriste, libérée de la vieille obsession du volume et du poids, aura d'abord pour principe l'abolition des pâtes. Les pâtes, même si elles plaisent au palais, sont une nourriture passéiste parce qu'elles alourdissent; parce qu'elles abrutissent, parce que leur pouvoir nutritif est illusoire, parce qu'elles rendent sceptique, lent, pessimiste. Il convient d'autre part, d'un point de vue patriotique, de favoriser le riz[4]. » Suivent un « bouillon de roses et de soleil favori de la Méditerranée zig, zug, zag », des « cœurs d'artichaut bien tempérés », une « pluie de barbe à papa », mais aussi – comme quoi il n'est pas simple de faire son deuil de la lourdeur – une « oie grasse », un « rôti d'agneau en sauce lion », du « sang de Bacchus » et de « l'écume exhilarante cinzano »...

Cette déclaration milanaise vaut surtout par le renversement opéré par Marinetti dans l'ordre du critère de goût : il n'est plus du ressort individuel de décider de ce qui est bon, avec des jugements subjectifs relatifs au plaisir. Le bon est une décision nationale qui prend en compte les intérêts du groupe, du Tout. Marinetti est ici plus proche de Hegel que de Nietzsche. Le nouveau système d'évaluation futuriste fait de l'universel le gnomon du particulier. Marinetti réalise bien une critique de la faculté de juger individuelle pour promouvoir le principe du jugement soucieux de l'intérêt général.

Les manifestes futuristes en matière de cuisine sont tous rédigés par Marinetti. C'est lui qui valide les énoncés nouveaux et qui fonde la pertinence révolutionnaire des recettes appelées formules dans le langage marinettien. Le mot d'ordre de la gastronomie futuriste est la nouveauté. Il s'agit de permettre une jubilation alimentaire d'un type nouveau.

Dans le texte fondateur signé Marinetti et Fillìa, le projet est ainsi décrit : « La révolution culinaire futuriste (...) se propose le grand, noble et utile dessein de modifier radicalement l'alimentation de notre race, en la fortifiant, en la dynamisant et en la spiritualisant à l'aide de nourritures absolument nouvelles où l'expérience, l'intelligence et l'imagination forment un substitut économique à la banalité, à la répétition et à la dépense. Notre cuisine futuriste, réglée pour les grandes vitesses comme un moteur d'hydravion, paraîtra folle et dangereuse à quelques passéistes apeurés, alors qu'elle tend à créer enfin une harmonie entre le palais des hommes et leur vie d'aujourd'hui et de demain. » Ils poursuivent en situant l'expérience dans l'histoire de l'alimentation : « A part quelques célèbres et légendaires exceptions, les hommes se sont nourris jusqu'à présent comme les fourmis, les rats, les chats et les bœufs. Avec nous, futuristes, naît la première cuisine humaine, autrement dit l'art de s'alimenter. Comme tous les arts, elle exclut le plagiat et exige l'originalité créatrice[5]. » Le souci marinettien est optimiste, il le proclame sans ambages : l'espérance d'une modification du réel par le changement du type d'alimentation. La révolution par l'aliment.

Des mouvements de protestation surgiront contre cette volonté de faire de la nourriture l'auxiliaire de la novation : soucieuses de préserver les pâtes, un groupe de femmes d'Aquila firent circuler une pétition qui fut adressée à Marinetti. A Naples, le peuple est descendu dans la rue pour soutenir l'aliment persécuté. A Turin eut lieu un congrès de cuisiniers où furent comparés les mérites respectifs de la tagliatelle et du saucisson cuit à l'eau de Cologne. Des revues publièrent des montages photographiques où l'on voyait le pape du futurisme ingurgiter force spaghettis, alors qu'à Bologne on démasqua un étudiant habilement déguisé en Marinetti occupé à manger des pâtes en public. Quelques bagarres pour la cause furent complétées par des opérettes militantes et autres fariboles didactiques...

La révolution futuriste se fit autant dans la quantité que dans la qualité. Ainsi Marinetti souhaitait également « l'abolition du volume et du poids dans la façon de concevoir et d'évaluer la nourriture, l'abolition des mélanges traditionnels par l'expérimentation de nouveaux mélanges apparemment absurdes (...), l'abolition de la médiocrité du quotidien dans les plaisirs du palais[6] ». Pour ce faire, le nouveau gastronome invitait l'État à jouer un rôle actif dans la distribution gratuite d'une pharmacie de substitution où gélules, pilules et poudres assureraient l'équilibrage nutritif nécessaire. La pharmacopée permettrait ainsi l'apport en albumine, corps gras synthétiques et vitamines. L'économie s'en trouverait profondément modifiée : diminution du coût de la vie, des salaires, réductions conséquentes de la durée du temps de travail. Où l'on retrouve Marinetti sacrifiant aux idéaux de tous les révolutionnaires utopistes : « Les machines formeront bientôt un prolétariat obéissant de fer, acier, aluminium, écrit-il, au service des hommes presque totalement délivrés du travail manuel. Celui-ci étant réduit à deux ou trois heures, il sera possible de consacrer le temps qu'il reste au perfectionnement et à l'ennoblissement par la pensée, les arts et la préfiguration de repas parfaits[7]. » L'homme total souhaité par Marx est réalisé par Marinetti : le penseur allemand libère l'homme des aliénations par la révolution sociale, le penseur italien par la révolution alimentaire.

La finalité futuriste est politique, sa téléologie est esthétique. La cuisine est l'un des beaux-arts par lesquels on peut parvenir à résoudre le problème de l'existence. On retrouve ici la préoccupation du philosophe-artiste chère au jeune Nietzsche pour lequel « l'art est la tâche suprême et l'activité véritablement métaphysique de cette vie[8] ». Les vérités du philosophe-artiste étant l'invention, l'expérimentation, la destruction, la législation, la maîtrise, on est en droit de faire de Marinetti cet homme d'un style nouveau pour lequel l'art est un moyen de parvenir à la transfiguration du réel. Soucieux d'intégrer la casuistique de l'égoïsme dans ses préoccupations fondamentales, Nietzsche n'aurait certes pas désavoué cette façon d'user de la nourriture à des fins apocalyptiques...

Nourri d'une façon nouvelle, le peuple italien deviendrait viril, il pourrait ainsi imposer ses visées impérialistes au monde entier : les pâtes agissent comme l'élément contre-révolutionnaire qui entrave l'expansion mondiale pour un nouvel Empire romain.

Par la même occasion la gestion étatique des besoins nutritifs libère le corps de la nécessité alimentaire, en même temps qu'elle offre la possibilité d'une esthétique culinaire élitiste et aristocratique. Le ventre plein répond aux exigences primaires. Le ventre esthétique permet une résolution artistique de la nécessité corporelle. Le dilemme de la quantité – pour le peuple – et de la qualité – pour les élites – ouvre la perspective d'une alimentation inféodée au souci nietzschéen de repenser l'humanité sous l'angle double des maîtres et des esclaves. Le mangeur populaire se distingue fondamentalement du mangeur aristocrate : le premier se nourrit pour éteindre un désir primaire. Pour celui-ci, le futuriste souhaite cet apaisement de la façon la plus rentable qui soit, avec l'aide de l'État. Le second mange pour consommer des œuvres d'art et participer à la logique esthétique du courant révolutionnaire. Il ingère la beauté. Dans les deux cas, la fin est identique : la production d'un beau corps, fort, équilibré, musclé, animal et mécanique, susceptible de répondre avec efficacité aux besoins nationaux.

La rhétorique aristocratique de Marinetti est pourtant voulue de la façon la plus étendue qui soit : l'utopie du maître vise l'aristocratisation de la masse, de la foule, la transmutation du peuple en élite. Le projet futuriste est une sorte de national-esthétisme xénophobe destiné à la maîtrise italienne sur l'Europe, puis le monde. La cuisine est un moyen, parmi d'autres, à mettre en œuvre, pour produire l'extraction du peuple de la médiocrité où il croupit : devenue elle-même œuvre d'art, la masse exportera son génie par-delà les frontières. La gastronomie est propédeutique à révolution planétaire.

Marinetti souhaitait que « tout un chacun ait l'impression de manger des œuvres d'art[9] ». Pour ce faire, il a codifié le rituel alimentaire. Selon lui, un repas exige l'harmonie entre les différents éléments d'une table – verrerie, vaisselle, décoration, couverts –, les saveurs et les couleurs des mets, leurs formes et leurs logiques d'apparition. Tous les sens étaient appelés à jouer un rôle actif : l'art combinatoire avait pour fonction de préparer et de susciter le désir d'ingestion. Le regard est privilégié : l'art culinaire futuriste est prioritairement jeu avec le plaisir de voir. Pour émoustiller l'appréhension visuelle des nourritures, les convives sont soumis à des présentations organisées de plats destinés ou non à être mangés. L'important est de produire le désir. Les couleurs et les harmonies sont à soigner tout particulièrement.

Généralement oublié, le toucher est exacerbé par une mise en scène singulière : Marinetti abolit d'abord l'usage des fourchettes et des couteaux.

Les mains et les doigts sont les nouveaux instruments d'un plaisir inauguré : toucher, c'est apprécier une température, distinguer le chaud, le froid; déterminer les consistances – dur, mou, tendre –, connaître les qualités d'une portion, grains, liaisons, lissages. De même sont inventées des plaquettes recouvertes de tissus de différentes natures, ou de matériaux destinés à exercer le toucher : lin, soie, laine, satin, papier de verre. A des aliments particuliers sont associées des sensations tactiles particulières.

Outre le regard et le toucher, il faut aussi stimuler l'odorat : avec les senteurs naturelles des plats, soit, mais aussi avec le concours de parfums extérieurs susceptibles de favoriser la dégustation, ce qui reste le principe de base. Des essences combinées seront donc ventilées pendant les repas. Elles seront soigneusement choisies pour leurs qualités harmoniques avec les couleurs, formes et qualités des plats présentés.

De même l'ouïe est aiguisée : des diffusions musicales sont associées aux effluves. Toutefois, pour ne pas troubler les sens, l'usage de la musique se fera prioritairement entre les services. La langue et le palais éviteront ainsi les écueils synesthésiques trop complexes. Pour congédier les bruits inutiles, Marinetti proscrit l'éloquence, le bavardage et la politique à table. Tous les efforts doivent être concentrés sur les sensations. L'intellection et ses usages élaborés n'ont aucune pertinence en pareilles occasions. Science du rythme, la poésie pourra remplir un office identique à celui de la musique. Qu'on songe à la *lectio* dans les réfectoires de monastères...

Enfin, la stimulation du goût se fera par « la création de bouchées simultanées et changeantes contenant dix, vingt saveurs à goûter en quelques instants. Ces bouchées auront dans la cuisine futuriste la fonction d'amplification par analogie qu'ont les images dans la littérature – telle bouchée pouvant résumer toute une tranche de vie, le déroulement d'une passion amoureuse ou un voyage en Extrême-Orient[10] ».

La théorie marinettienne intègre, comme on pourrait s'en douter, les acquis dc la science d'alors. Ainsi les cuisines doivent-elles s'ouvrir aux instruments modernes : ozonisateurs qui donneront aux aliments liquides et solides le parfum de l'ozone, symbole des grands espaces traversés par les avions auxquels Marinetti vouait un culte tout particulier; lampes à ultraviolets qui enrichissent en les activant les nourritures exposées dont les qualités nutritives sont ainsi démultipliées – toujours le souci de rentabiliser; des électrolyseurs qui isolent des aliments les propriétés essentielles et permettent la synthèse de sucs qui, combinés, donneront des substances nouvelles aux goûts révolutionnaires; des moulins colloïdaux qui illustrent l'entrée dans les cuisines des arguments machinistes modernes : ces instruments faciliteront la pulvérisation des farines, des poudres, des épices, des fruits secs. A ces nouvelles technologies domestiquées à des fins culinaires, il faudra associer des distillateurs à pression normale ou à vide, des autoclaves centrifuges, des dialyseurs, des indicateurs chimiques pour obtenir la précision des acides et des bases dans les compositions alimentaires.

Toute cette théorie paraît le 28 décembre 1930 dans la *Gazzetta del Popolo* de Turin. Marinetti y concentre l'essentiel de son programme et des moyens pour le réaliser. Deux impératifs catégoriques s'en dégagent avec évidence : susciter simultanément les cinq sens pour produire l'ingestion plaisante, et intégrer les technologies modernes dans ce processus gastronomique – le projet étant de construire des plats comme on élabore des œuvres d'art.

Nombre de banquets ont permis la réalisation de ces principes futuristes. Dès 1910, à Trieste, la première soirée futuriste fut l'occasion d'intervertir l'ordre des plats. Le premier repas en tant que tel est contemporain des théories et des manifestes. Les plats sont nommés de manière poétique. Roland Barthes a mis en évidence l'existence d'une langue singulière, d'une rhétorique inventive chez les découvreurs de mondes nouveaux. Marinetti n'échappe pas à la règle. La nouveauté d'une forme alimentaire nécessite la nouveauté du langage qui la signifie.

Ainsi du porexcité qui baptise « un saucisson cru épluché servi directement dans un plat contenant du café très chaud mélangé à une grande quantité d'eau de Cologne[11] ». De même l'aéroplat caractérise un art sensitif combinatoire où l'on sert « à la droite du convive une assiette contenant des olives noires, des cœurs de fenouil, et des kumquats, et à sa gauche un rectangle formé de papier de verre, de soie (rose) et de velours (noir). Les aliments devront être portés directement à la bouche de la main droite, tandis que la gauche effleurera légèrement et à plusieurs reprises le rectangle tactile. En même temps, les serveurs vaporiseront sur les nuques des convives un coparfum d'œillet, tandis que de la cuisine parviendra un violent cobruit de moteur d'aéroplane combiné à une musique de Bach[12] ». Il y a dans cette formule une concentration des ordres futuristes : exacerbation des sens, prohibition des couverts, usage d'auxiliaires – parfums, musiques, rectangles tactiles – pour compenser l'asthénie sensitive dont la civilisation est responsable, culte du bruit moderne, du moteur, de la vitesse, des avions, détournement des références classiques, en quelque sorte une transmutation des valeurs musicales, le mélange de saveurs inhabituelles – charcuterie et café –, l'utilisation de produits traditionnellement exclus de l'alimentation – eau de Cologne.

Les mariages diététiques de Marinetti se veulent révolutionnaires : ils actualisent – nous verrons dans quelle mesure il ne s'agit que de réactualisation – des couplages inattendus. Ainsi de l'association de bananes et d'anchois, de sucré et de salé. La formule de l'Eveillestomac propose ainsi de « disposer une sardine sur une tranche d'ananas dont on recouvrira le centre d'une couche de thon surmonté d'une noix[13] ». De même du mélange des viandes et des poissons. Fillìa décrit ainsi des « Truites immortelles : faire frire à l'huile d'olive des truites farcies de noix hachées, que l'on enveloppera ensuite dans de très fines tranches de foie de veau[14] ». Enfin, la cuisine futuriste ne recule pas devant la confusion des ordres : hors-d'œuvre et dessert en une « Glace simultanée » constituée de crème glacée et de petits morceaux d'oignons crus.

Ultimes provocations des modernistes : la transgression, le goût du subjectivisme pur. Ainsi du « Veau ivre » dont voici la formule : « Remplir un morceau de veau cru avec des pommes épluchées, des noix, des oignons, des têtes d'œillet. Cuire au four et servir froid dans un bain d'asti spumante ou de passito de Lipari[15]. » De même sont mélangés des palourdes, de l'ail, des oignons, du riz et de la crème à la vanille afin de construire un plat nommé « Golfe de Trieste ». Plus susceptible de troubler l'ordre religieux et de choquer les cuisines du Vatican, l'aéropeintre Prampolini ose les

« Grandes eaux » en un mélange de grappa, de gin, de kummel, d'anis, sur lequel « flottera un bloc de pâte d'anchois pharmaceutiquement clos dans une hostie[16] ». Le Professeur Sirocofran invitera à des réalisations plus périlleuses avec ses « Parfums prisonniers » qui nécessitent une dextérité certaine : « Introduire une goutte de parfum dans de très fines vessies colorées, que l'on gonflera et que l'on fera légèrement chauffer de manière à vaporiser le parfum et à rendre l'enveloppe turgide. Servir avec le café, dans des soucoupes chaudes, en prenant soin que les parfums soient variés. On approche de la vessie la cigarette allumée et on aspire le parfum qui en sort[17]. » A essayer...

La nouveauté linguistique n'est pas seulement manifeste pour dire le plat dans son ensemble, elle l'est également pour caractériser les opérations qui y mènent ou les modalités nouvellement créées par les futuristes dans les associations. La poétique du baptême des plats est une tradition culinaire. Moins habituelle est l'invention verbale pour dire l'alchimie qui conduit au plat. Le préfixe « co » issu du latin permet quelques mots nouveaux : cobruit, columière, comusique, coparfum ou cotactile. Tous signifient l'affinité d'une sensation et d'un mets. Le cobruit se rencontre lors du mariage riz au jus d'orange/moteur de mobylette, d'où le nom du plat : « Vrombissements au décollage ». La columière est présente dans l'association porexcité/éclair rouge, la comusique dans celle du plasticoviande et du ballet musical, tandis que le coparfum caractérise l'association pomme de terre/rose et le cotactile la réunion de la purée de banane et du velours ou de la chair féminine.

De même, d'autres mots sont constitués avec le préfixe « dis » afin de signifier la complémentarité entre une sensation et un mets : disbruit pour la

« Mer d'Italie » alliée avec le grésillement de l'huile, ou le pétillement d'un liquide gazeux avec le chuintement de l'écume marine; dislumière pour le couple glace au chocolat/lumière orangée; dismusique pour les dattes aux anchois et la *Neuvième Symphonie* de Beethoven; disparfum pour la viande crue et le jasmin et distactile pour le mariage de « Équateur + Pôle Nord »/éponge.

Le vocabulaire est aussi adapté aux plats nouveaux : une décision n'a plus rien à voir avec un sens préalable. Si elle continue à se prendre, c'est par voie buccale puisqu'elle caractérise « les polyboissons chaudes-toniques qui servent à prendre, après une brève mais profonde méditation, une décision importante[18] ». Le « Guerrenlit » qualifiera une polyboisson fécondatrice, la « Paix-en-lit » une polyboisson somnifère et le « Viteau-lit » une polyboisson hivernale réchauffante – polyboisson valant pour cocktail.

Enfin, les réalisations culinaires sont nommées de manière évocatrice : la poétique des menus est suggestive. Un « Bombardement d'Adrianopolis » met en scène œufs, olives, câpres, anchois, beurre, riz, lait, savamment associés puis frits après formation en boule et passage dans la chapelure. Le goût des futuristes pour l'aviation est manifeste dans nombre de formules : « Vrombissements au décollage » déjà rencontré – risotto de veau à l'orange avec marsala –, « Fuselage de veau » – tranches de veau accrochées à un fuselage composé de marrons, oignons cuits recouverts de cacao –, « Aéroport piquant » – salade russe, mayonnaise, légumes verts, petits pains fourrés à l'orange, fruits, anchois, sardines, le tout disposé en un champ de verdure sous la forme découpée de silhouettes d'aéroplanes – et autres « Aéroplane libyen »,

« Réticulés du ciel », « Atterrissage digestif » : « Avec de la purée de marrons bouillis dans de l'eau sucrée et des bâtons de vanille, former montagnes et plaines. Au-dessus, composer avec de la glace couleur d'azur des strates d'atmosphère sillonnées d'aéroplanes en pâte brisée inclinés vers le bas[19]. » Parfois l'on songe aux intitulés humoristiques des pièces musicales d'Erik Satie dans telle ou telle formule de « Veau intuitif », de « Lait à la lueur verte » ou de « Mamelles italiennes au soleil », « Skieur comestible », « Soupe zoologique » ou « Œufs divorcés »...

Les repas concrets sont de véritables happenings où la drôlerie voisine avec l'expérimentation forcenée. Dans un repas officiel qu'il voudrait archétypal, Marinetti propose qu'un boute-en-train amuse les convives avec des blagues obscènes qui se devront pourtant d'éviter la vulgarité. Il ne donne pas les moyens de distinguer les deux logiques. On apporte ensuite sur la table « les anthropophages s'inscrivent à Genève », qui est un plat composé de diverses viandes crues découpées à la fantaisie de chacun et assaisonnées dans des coupes contenant des condiments, des épices ou du vin. Puis est servie « La Société des Nations », une sorte de crème anglaise au milieu de laquelle nagent des petits saucissons noirs et des bâtonnets de chocolat. Pendant la dégustation, un « négrillon d'une douzaine d'années, placé sous la table, chatouillera les jambes et pincera les fesses des dames[20] ». Le repas se terminera avec un « Solide traité », sorte de gâteau au nougat multicolore rempli de minuscules bombes qui, en explosant, dégageront un parfum de bataille dans la pièce. Après tout cela, un cuisinier se confondra en excuses pendant une demi-heure et demandera qu'on lui pardonne d'avoir fait s'écrouler dans l'office un monumental dessert. Arrivera à la place du fameux édifice détruit un ivrogne qui demandera à boire : « On lui proposera, écrit Marinetti, un choix des meilleurs vins italiens, en quantité et en qualité, mais à une condition : qu'il parle, pendant deux heures, des solutions possibles au problème du désarmement, de la révision des traités et de la crise financière[21]. » Gageons que cette parodie alimentaire grinçante de la démocratie ne déplaira pas au Mussolini séduit par la modernité extrémiste des futuristes.

Marinetti donnera de nombreuses formules de cet acabit, à mi-chemin de la dérision, de l'humour et du sérieux d'une volonté de transmuer les valeurs. Ainsi des repas économiques, d'amour ou de noces, des repas de célibataires, d'extrémistes rassasiés au parfum après deux jours de jeûne et autres rituels aéropoétiques, tactiles, géographiques ou sacrés.

En fait Marinetti pèche par excès de zèle dans sa volonté de situer la diététique par-delà la tradition alimentaire. Il subtilise, du moins le croit-il, une modernité échevelée à un passéisme fixiste. Or nombre de ses transgressions ne sont que des réactualisations de pratiques antiques ou médiévales : en fait de révolution culinaire, il milite pour une réaction alimentaire.

Des traités de cuisine de la seconde moitié du Grand Siècle témoignent de la pratique des associations sucré/salé. Ainsi des poissons mariés avec dattes et fruits confits, des potages à la framboise. Qu'on songe au désormais célèbre canard à l'orange, au poulet à l'ananas. De même Massialot consigne dans ses recettes de 1691 des mélanges de viandes et de poissons : un canard aux huîtres en fait foi. En 1739, Marin combine des truffes, des huîtres et du blond de veau. Enfin, un regard historique enseigne que le mélange des ordres est pratiqué partout dans le monde depuis toujours : au Mexique, un plat de fête traditionnel est fait de dinde et de chocolat. En Espagne on mélange langoustes et poulets dans un ragoût de parfums, d'aromates et de chocolat – oignon, girofle, céleri, poivre, piments, tomates, cacahuètes, ail, sel et cacao.

Aujourd'hui, chacun pratique le gibier associé aux fruits et aux confitures de baies rouges – chevreuil aux pommes et à la gelée de groseille. En Normandie, sur les côtes de la Manche, la marmite dieppoise est un vaste pot-au-feu de poule et de poissons de la mer proche – terre et eau confondues.

La transgression futuriste qui convie les œillets dans les préparations de veau trouve son écho dans les recettes végétariennes où l'on invite à préparer des salades de paquerettes aux œufs durs, de même que l'on cuisine les fleurs d'aubergine, de capucine, de rose, d'acacia, de violette et de lavande.

Ce qui se propose un jour comme délire et nouveauté, volonté de révolution copernicienne, est presque toujours réactualisation d'un passé culinaire quelconque. La nouvelle cuisine française des années 70-80 s'est bien souvent faite chez les collectionneurs de traités de cuisine qui, cachant leurs sources, reprenaient des préparations médiévales plus étonnantes que l'on voudrait bien croire. Le filet de saint-pierre aux groseilles ou les soupes de fraises en sont des exemples.

Si aucune diététique n'est innocente, aucune n'est profondément révolutionnaire; tout s'est déjà depuis toujours préparé, ingéré, mangé : la bouche est le lieu de l'Histoire et l'Histoire n'est que perpétuel recommencement. La diététique comme révélateur de l'Eternel Retour.

VIII

SARTRE
OU LA VENGEANCE DU CRUSTACÉ

SARTRE n'aimait pas les crustacés, ils le lui ont bien rendu : dans *La Cérémonie des adieux*, Simone de Beauvoir interroge le philosophe sur ses préférences et ses dégoûts en matière de nourriture. A la question des répugnances les plus marquées, Sartre répond : « Les crustacés, les huîtres, les coquillages[1]. » Pour argumenter et analyser la nature de son refus, il décrit les crustacés comme des insectes dont la conscience problématique le gêne, comme des animaux presque absents de notre univers : « En mangeant des crustacés, je mange des choses d'un autre monde. Cette chair blanche n'est pas faite pour nous, on la vole à un autre univers[2]. » Poursuivant sa réflexion, Sartre dit : « C'est de la nourriture enfouie dans un objet et qu'il faut extirper. C'est surtout cette notion d'extirper qui me dégoûte. Le fait que la chair de la bête est tellement calfeutrée par la coquille qu'il faut utiliser des instruments pour la sortir au lieu de la détacher entièrement. C'est donc quelque chose qui tient au minéral[3]. » Dans son appréhension du coquillage, Sartre ne peut dissocier l'aliment de sa qualité : une forme quasi végétative de l'existence qui ne cache pas sa parenté avec le glaireux, le visqueux pour lesquels il a tant manifesté de répugnance[4]. Dans l'huître, la coque ou la moule, il distingue « de l'organique en train de naître, ou qui n'a de l'organique que ce côté un peu répugnant de chair lymphatique, d'étrange couleur, de trou béant dans la chair ». Très tôt, Sartre posera les bases de ce qu'on pourrait appeler sa métaphysique du trou : dans *Les Carnets de la drôle de guerre,* il démarque quelque peu les théories freudiennes qui associent le trou à la fécalité, la béance et la jouissance. Prosaïquement, il fait du trou le manque par excellence qui appelle le comblement. Puis il disserte avec application pour montrer que « le culte du trou est antérieur à celui de l'anus[5] » et joue, si l'on peut dire, à loisir avec ce trou qui l'occupe quelques pages durant. En décembre 1939, la métaphysique « des trous-pour-l'homme[6] » évite le problème de la nourriture, alors que les développements contenus dans *L'Être et le Néant* ne l'ignorent pas.

Dans le maître ouvrage de Sartre, l'alimentation fait son apparition sous la forme d'une analyse phénoménologique en bonne et due forme : « La tendance à remplir (...) est certainement une des plus fondamentales parmi celles qui servent de soubassement à l'acte de manger : la nourriture, c'est le " mastic " qui obturera la bouche; manger, c'est, entre autres choses, se boucher[7]. » En jargon philosophique, la traduction est la suivante : « Boucher le trou, c'est originellement faire le sacrifice de mon corps pour que la plénitude d'être existe, c'est-à-dire subir la passion du Pour-soi pour façonner, parfaire et sauver la totalité de l'En-soi. » Boucher les trous, c'est aussi bien manger que copuler et, si Sartre n'hésite pas à parler de « l'obscénité du sexe féminin[8] », il ne dit rien de définitif sur la bouche qui mange, distingue les saveurs, associe les parfums, décante les substances – alors qu'il analyse le sexe qui aspire, englou-tit, absorbe et étreint. La parenté des deux orifices est ainsi soulignée : « Sans aucun doute, le sexe est la bouche, et bouche vorace qui avale le pénis[9]. » Peut-on, sans encombre, inverser les termes de la proposition et voir dans toute bouche un sexe – si les facéties de la syntaxe autorisent pareille formu-lation ? Vraisemblablement.

Fort de ce que Simone de Beauvoir raconte de Sartre, on peut allégrement progresser sur la voie de la compréhension de la diététique sartrienne. L'équivalence posée entre les choses du sexe et celles de la bouche, on peut saisir l'écho contenu dans la phrase de sa compagne qui précise : « L'acte sexuel proprement dit n'intéressait pas particulièrement Sartre[10]. » Dans *La Force de l'âge,* elle écrit : « Je reprochais à Sartre de considérer son corps comme un faisceau de mus-cles striés et de l'avoir amputé de son système sympathique[11]. »

L'usage que Sartre fit de son corps trahit sans ambages le mépris de soi et le refus de la chair. Le philosophe s'inscrit bien – on pourrait dire à son corps défendant – dans la tradition platonicienne de l'excellence des Idées, des choses de l'esprit et du dégoût pour le corps assimilé à un tombeau, une boîte maléfique contenant le principe d'excel-lence. Intellectuel lunaire, le philosophe existentia-liste évolue en plein défaut d'hygiène. Rien n'est plus porteur de sens que cet abandon de soi aux aléas de la matière corrompue. Les anecdotes sur la saleté de Sartre disent sa faculté d'oublier la chair, de la mépriser, de la contenir dans le registre du superflu. En Allemagne, il avait laissé la crasse et la puanteur s'installer à un point tel que sa biographe a pu parler de sa « chambre pestilen-tielle » et des semaines entières passées « sans se laver, alors qu'il lui aurait suffi de traverser la rue et de payer dix sous pour disposer *ad libitum* d'une salle de bains dans l'établissement thermal[12] ». Son surnom d'alors était « l'homme aux gants noirs ». Il était dû à « ses extrémités (qui) étaient, jusqu'à mi-bras, noires de crasse[13] ».

Les nécessités corporelles lui ont toujours inspiré dégoût et mépris. Beauvoir confie qu'il s'en libérait avec discrétion tant qu'il eut la santé. Par la suite, lorsque les progrès de la liquéfaction du penseur furent enregistrés, il fit preuve d'un fatalisme qui étonnait sa compagne. Lorsqu'il s'abandonnait sur fauteuils et canapés, il n'avouait aucune pudeur, plutôt de la résignation.

Oublieux d'hygiène, il l'est aussi des rythmes du corps et de la nécessité de transcender la nécessité naturelle par les rituels culturels que sont les repas. Quantité et qualité sont déplorables, et la fréquence des sacrifices au rite est à l'avenant : « Il m'est tout à fait indifférent, disait-il, de sauter un repas le midi ou le soir, ou même les deux repas, de me nourrir de pain ou au contraire de salade sans pain, ou de jeûner un ou deux jours[14]. » Beauvoir confirme qu'il mangeait n'importe quoi, n'importe quand, n'importe comment[15].

Le mépris de son propre corps s'accompagne, comme il est bien naturel, d'un mépris du corps en général. Lorsqu'il analyse cette réalité essentielle dans *L'Être et le Néant*, il ne cesse d'en appeler à des exemples éloquents : une jambe malade, des yeux disséqués par les médecins, un corps détruit par une bombe, un bras cassé, un cadavre, une gastralgie, des maux de tête, d'estomac, de doigts, d'yeux[16]. Le corps sartrien est avant tout un corps malade, mutilé, massacré, méconnaissable. Point de corps goûtant ou jouissant, de chair joyeuse ou de frissons de plaisir, mais une viande malade, corrompue ou déliquescente. Soucieux de détails, Sartre développe ses conceptions de la nausée, du vomissement et, pour ce faire, il en appelle à « la viande pourrie, (au) sang frais, (aux) excréments ». De même, il disserte sur l'ulcère de l'estomac perçu comme « un rongeur, une légère pourriture interne; je peux, poursuit-il, le concevoir par analogie avec les abcès, les boutons de fièvre, le pus, les chancres, etc.[17] ». Les modalités de l'être-pour-autrui, via le corps comme médiation, ne sont ni le sourire, ni le regard séducteur, mais la transpiration et les odeurs de sueur. Les métaphores du corps sont filées grâce aux arachnides, le visage de l'autre est générateur de nausée, sa propre face lui permet même un trait sur le « dégoût de (sa) chair trop blanche[18] ». Outil à manier les outils, le corps n'est qu'une machine sans désir et sans volonté de jouissance.

Le mépris de soi, l'usage de soi comme d'une chose prennent chez Sartre le double visage de l'alcool et du tabac – variations sur le thème de l'horreur de soi. Annie Cohen-Solal fait le bilan d'une journée d'absorption sartrienne : « Deux paquets de cigarettes – des Boyard papier maïs – et de nombreuses pipes bourrées de tabac brun; plus d'un litre d'alcool – vin, bière, alcool blanc, whiskies, etc. –; deux cents milligrammes d'amphétamines; quinze grammes d'aspirine; plusieurs grammes de barbituriques, sans compter les cafés, thés et autres graisses de son alimentation quotidienne[19]. » La *Critique de la raison dialectique*, après *L'Être et le Néant*, est à ce prix : parfois plus d'un tube de Corydrane – des anabolisants – par jour...

L'alcoolisme de Sartre ne fait aucun doute. Ses ivresses ponctuent les Mémoires de Simone de Beauvoir. La plus célèbre est moscovite. Elle lui vaudra dix jours d'hospitalisation au printemps 1954. Les biographes complaisants incriminent l'insistance des hôtes soviétiques... Lorsque au sortir d'une consultation médicale Sartre réalisa qu'il lui faudrait en finir avec l'alcool, il s'écria : « C'est soixante ans de ma vie à qui je dis adieu[20]. »

Entre deux tubes de Corydrane, Sartre avait analysé phénoménologiquement l'alcoolisme. Il écrivait : « Ainsi revient-il au même de s'enivrer solitairement ou de conduire les peuples. Si l'une de ces activités l'emporte sur l'autre, ce ne sera pas à cause de son but réel, mais à cause du degré de conscience qu'elle possède de son but idéal et, dans ce cas, il arrivera que le quiétisme de l'ivrogne solitaire l'emportera sur l'agitation vaine du conducteur des peuples[21]. » Eut-il envie d'en faire la démonstration? Toujours est-il qu'en 1973 – l'année où on lui demande d'en finir avec l'alcool – il confiera à un journaliste d'*Actuel* tout son programme politique qui tient en quelques mots : terreur, illégalité et violence armée. « Un régime révolutionnaire, dit-il, doit se débarrasser d'un certain nombre d'individus qui le menacent, et je ne vois pas là d'autres moyens que la mort. On peut toujours sortir d'une prison. Les révolutionnaires de 1793 n'ont probablement pas assez tué[22]. » Du moindre danger de l'éthylisme...

La consultation médicale de 73 avait aussi fait apparaître une anoxie, une asphyxie du cerveau. L'état des artères et des artérioles était lamentable. L'alcool y était pour beaucoup, le tabac également. Dans *L'Être et le Néant*, Sartre propose une petite théorie du tabac : fumer, c'est pratiquer un cérémonial, théâtraliser des gestes, ritualiser. C'est aussi « une réaction appropriative destructrice. Le tabac est un symbole de l'être " approprié ", puisqu'il est détruit sur le rythme de mon souffle par une manière de " destruction continuée ", qu'il passe en moi et que son changement en moi-même se manifeste symboliquement par la transformation du solide consommé en fumée. » Ce « sacrifice crématoire », comme le nomme Sartre, est, à sa dimension, le jeu d'un sacrifice entier de l'humanité, « une destruction appropriative du monde entier. A travers le tabac que je fumais, qui se résorbait en vapeur pour rentrer en moi[23] ». Fumer, manger sont deux modes d'une même logique. Mais le tabac semble un substitut pratique de l'aliment, substitut magique, inconsistant, évanescent, presque neutre en saveur tant son pouvoir est astringent sur les papilles gustatives.

Les excitants, l'alcool, le tabac ne suffisaient pas à Sartre dans la panoplie de la mutilation douce de soi. Pour dire l'usage distancié que Sartre faisait de son corps, l'expérience de la mescaline n'est pas sans intérêt. La raison avancée par Sartre est philosophique : il souhaitait mesurer sur lui les effets produits par un hallucinogène sur la formation des images chez un individu. Il en fit la demande au Dr Lagache de l'hôpital Sainte-Anne. Une injection dosée pour produire entre quatre et douze heures d'effets fut faite sous contrôle médical. Il en expliqua les effets dans *L'Imaginaire*[24]. Beauvoir décrit les hallucinations telles que Sartre les lui a rapportées : « Sur ses côtés, par-derrière (lui) grouillaient des crabes, des poulpes, des choses grimaçantes[25]. » Revanche des crustacés : Sartre se croit poursuivi par des langoustes. Alors que Beauvoir s'inquiétait par téléphone du déroulement de l'expérience, Sartre lui répondit d'une voix brouillée que son « appel l'arrachait à un combat contre des pieuvres où certainement il n'aurait pas le dessus ». Triomphe de la marée...

Plus tard, dans la rue, alors que la mescaline n'est pas douée d'effets à retard, Sartre se trouva « vraiment convaincu qu'une langouste trottinait derrière lui[26] ». Beauvoir pense qu'il ne peut s'agir de rémanences de l'hallucinogène et que le philosophe souffrait alors de troubles nerveux du comportement sans rapport avec l'expérience de Sainte-Anne. Sartre se souviendra du bestiaire – chez lui hautement symbolique – lorsque, dans *La Nausée*, il fera de Roquentin un familier de ce zoo aquatique composé, pour certains, d'animaux dont « le corps était fait d'une tranche de pain grillé comme on en met en canapé sous les pigeons; ils marchaient de côté avec des pattes de crabe[27] ».

La récurrence des crustacés est notable dans les œuvres du penseur. Sartre raconte dans *Les Mots* qu'enfant, son regard tomba sur une gravure parue dans l'almanach Hachette qui représentait un quai sous la lune, une pince longue et rugueuse qui, sortant de l'eau, accrochait un ivrogne pour l'engloutir dans le bassin glauque. Le texte illustré par cette image se concluait par : « Était-ce une hallucination d'alcoolique? L'enfer s'était-il entrouvert? » Et Sartre de poursuivre : « J'eus peur de l'eau, peur des crabes et des arbres » – qu'on se rappelle le rôle de la racine dans *La Nausée*. Amplifiant l'écho de cette sinistre gravure, Sartre confia avoir souvent rejoué la scène terrifiante dans sa chambre gagnée par la pénombre. La théâtralisation exigeait, précise-t-il, un lieu souterrain ou sous-marin dans lequel l'Être surgissait sous la forme d'une créature aquatique ou chtonienne : « Pieuvre aux yeux de feu, crustacé de vingt tonnes, araignée géante et qui parlait – c'était moi-même, monstre enfantin, c'était mon ennui de vivre, ma peur de mourir, ma fadeur et ma perversité[28]. » De même dans *Les Séquestrés d'Altona*, des crabes apparaissent et fournissent le prétexte à un échange entre deux personnages dont l'un prévoit l'avènement des décapodes au premier plan de l'humanité : « Ils auront d'autres corps, dit-il, donc d'autres idées[29]. »

Mais les crustacés ont le triomphe modeste, ils ne s'incrusteront pas dans les œuvres théoriques, du moins comme objets de psychanalyse existentielle. Tout juste des seconds rôles, pour illustrer, accompagner la musique. Le phénoménologue exigeant de la chose alimentaire sait que le rapport à la nourriture, c'est le rapport au monde. Ses analyses sont pertinentes pour le monde entier, mais il connaît un point aveugle en ce qui le concerne. La sagesse populaire, pour dire ces choses-là, met en scène paille et poutre... Dans *L'Être et le Néant*, il écrit : « Il n'est (...) nullement indifférent d'aimer les huîtres ou les palourdes, les escargots ou les crevettes, pour peu que nous sachions démêler la signification existentielle de ces nourritures. D'une façon générale, il n'y a pas de goût ou d'inclination irréductibles. Ils représentent tous un certain choix approximatif de l'être. C'est à la psychanalyse existentielle de les comparer et de les classer[30]. » Dis-moi ce que tu manges...

Sartre avouait ne pas aimer grand-chose. Outre une franche répulsion pour les fruits de mer, il confessait un dégoût prononcé pour les tomates, se refusant à leur chair acide. De manière générale, il n'aime pas ce qu'il appelle les végétaux, bien qu'il les sente porteurs d'un moindre degré de conscience que les coquillages. Jamais il ne mangeait de fruits, sous leurs formes naturelles : ils étaient coupables d'être des produits de hasard et des objets par trop extérieurs à l'humain. Le philosophe avouait sa préférence pour les fruits intégrés dans une préparation humaine – ainsi des pâtisseries. Seule une médiation humaine, technique ou culturelle, lui permettait d'accéder aux aliments. Anti-Diogène par excellence, il exècre le naturel et n'a de goût que pour les produits manufacturés, l'artifice : « Il faut que la nourriture soit donnée par un travail fait par les hommes. Le pain est comme ça. J'ai toujours pensé, précise Sartre, que le pain était un rapport avec les hommes[31]. » La viande fut un mets d'élection, mais ne l'est pas restée pour les raisons chères aux végétariens : manger de la chair, c'est ingurgiter du cadavre. A la question de Beauvoir : « Alors qu'est-ce que vous aimez ? », Sartre répond : « Certaines choses parmi les viandes et les légumes, les œufs. J'ai beaucoup aimé la charcuterie, mais je l'aime un peu moins maintenant. Il me semblait que l'homme utilisait la viande pour faire des choses tout à fait nouvelles, par exemple une andouillette, une andouille, un saucisson. Tout ça n'existait que par les hommes. Le sang avait été pris d'une certaine manière, avait ensuite été disposé d'une certaine façon, la cuisson était faite d'une manière bien définie, inventée par les hommes. On avait donné à ce saucisson une forme qui pour moi-même était tentante, terminée par des bouts de ficelle[32]. » La charcuterie suppose la transformation, la modification des données brutes : le sang, la chair, les graisses. Elle est l'alchimie qui transcende l'aspect fruste des composants. Elle est l'unité à laquelle on accède après une série d'opérations codées, culturelles et artisanales. L'andouille comme emblème de Sartre là où Diogène est poulpe cru... La viande rouge, même apprêtée, reste gorgée de sang : « Un saucisson, poursuit Sartre, une andouille, ça n'est pas comme ça. Le saucisson, avec ses piquetures blanches et sa chair rose, ronde, c'est autre chose[33]. »

Sur la fin de sa vie, Sartre avait abandonné le rituel alimentaire qui le conduisait le midi à *La Coupole*, le soir n'importe où avec Beauvoir. Il avouait se contenter, pour dîner, d'un « morceau de pâté ou de n'importe quoi d'autre[34] ». La cécité aidant, l'insensibilité des lèvres, l'absence de dents et la sénilité s'y ajoutant, Sartre finit par passer tous les repas à se barbouiller le visage de sauces et de nourritures, tout en refusant avec véhémence l'aide qu'on lui proposait. Le repas sartrien type est lourd, « riche en charcuteries, choucroutes, gâteaux au chocolat, sur un litre de vin[35] ». Les noix et les amandes lui abîmaient la langue et il avouait aimer l'ananas – un fruit pourtant – parce qu'il ressemblait à quelque chose de cuit...

« Toute nourriture est un symbole[36] », disait-il. Le miel ou la mélasse, le sucré, étaient à ses yeux associés au visqueux. Réminiscence des correspondances symbolistes, Sartre convie à d'étranges synesthésies : « Si je mange un gâteau rose, écrit-il dans *L'Être et le Néant*, le goût en est rose; le léger parfum sucré et l'onctuosité de la crème au beurre sont le rose. Ainsi je mange rose comme je vois sucré[37]. » Lors de leurs voyages en Italie, Sartre jouait à ce jeu des symétries inattendues. Il rapprochait, par exemple, « les palais de Gênes et le goût des gâteaux italiens, leur couleur[38] ». Les associations sartriennes mériteraient une psychanalyse existentielle – c'est le moins qu'on puisse pour leur géniteur. Le goût du visqueux, du pâteux, du graisseux, de l'indigeste, du compact, du liquide, tout cela est éminemment significatif.

La nausée s'appréhende sur le mode du blanchâtre, du mou, du tiède et de l'engluement, là où le dépassement de la contingence et de la facticité en appelle au noir, au dur, au froid. Le désir sartrien est de minéralisation, de devenir fossile et d'échapper aux catégories corruptibles. Résurgences platoniciennes, Sartre entend le réel comme une partition entre l'immédiat et l'essence, entre ce qui émerge et ce qui est immergé. En dehors de l'eau, il y a les apparences, l'illusion faite d'images, de racines, d'objets, de choses. Sous l'eau, il y a la vérité de l'être, la nature authentique du monde : « Et sous l'eau ? Tu n'as pas pensé à ce qu'il peut y avoir sous l'eau ? Une bête ? Une grande carapace, à demi enfoncée dans la boue ? Douze paires de pattes labourent lentement la vase. La bête se soulève un peu, de temps en temps. Au fond de l'eau[39]. »

Pareilles visions tératologiques renseignent sur la nature du personnage qui les conçoit : le réel n'est que perceptions, les perceptions relèvent d'un sujet. Il n'y a que relativité des sensations, des images, des goûts : « La qualité – en particulier la qualité matérielle, fluidité de l'eau, densité de la pierre, etc. – étant manière d'être ne fait que présentifier l'être d'une certaine façon. Ce que nous choisissons, c'est donc une certaine façon dont l'être se découvre et se fait posséder. Le jaune et le rouge, le goût de la tomate ou des pois cassés, le rugueux et le tendre ne sont aucunement pour nous des données irréductibles : ils traduisent symboliquement à nos yeux une certaine façon que l'être a de se donner et nous réagissons par le dégoût ou le désir, selon que nous voyons l'être affleurer d'une façon ou d'une autre à leur surface[40]. » Le goût est voie d'accès à la subjectivité, il est l'un des faisceaux qui convergent vers la réalité individuelle, un fragment qui a la mémoire du tout et qui renseigne sur la conception du monde du sujet. Chaque être associe au salé, au sucré, à l'amer, une charge symbolique qui le désigne comme projet singulier. Sartre décrit cette étrange alchimie qui s'effectue lors de la cristallisation des synesthésies en chaque être. L'histoire des correspondances, la quête du mode de leur formation, l'élaboration d'un sens sont du ressort de la psychanalyse existentielle : « Quel est (...) le coefficient métaphysique du citron, de l'eau, de l'huile, etc. ? Autant de problèmes que la psychanalyse se doit de résoudre si elle veut comprendre un jour pourquoi Pierre aime les oranges et a horreur de l'eau, pourquoi il mange volontiers de la tomate et refuse de manger des fèves, pourquoi il vomit s'il est forcé d'avaler des huîtres ou des œufs crus[41]. »

A partir du goût ou du dégoût d'un être, on peut accéder à sa vérité entendue comme « projet libre de la personne singulière à partir de la relation individuelle qui l'unit à ces différents symboles de l'être. (...) Ainsi les goûts ne restent pas des données irréductibles; si on sait les interroger, ils nous révèlent les projets fondamentaux de la personne. Il n'est pas, poursuit-il, jusqu'aux préférences alimentaires qui n'aient un sens. On s'en rendra compte si l'on veut bien réfléchir que chaque goût se présente, non comme un datum absurde qu'on devrait excuser, mais comme une valeur évidente. Si j'aime le goût de l'ail, il me paraît irrationnel que d'autres puissent ne pas l'aimer. Manger, en effet, c'est s'approprier par destruction, c'est en même temps se boucher avec un certain être[42] ». Suivent plusieurs lignes où l'évocation d'un biscuit au chocolat qui résiste, cède, s'effrite, se confond avec les conclusions de l'analyse.

Sartre a beaucoup donné avec *Les Mots* : il a, entre autres choses, confié que la laideur fut son premier mode d'être au monde, que celle-ci lui est apparue au sortir d'une séance de coiffeur. Au regard des autres, l'enfant s'est d'abord saisi sous les traits d'un batracien complexé par sa petitesse, son aspect chétif et malingre – « un gringalet qui n'intéressait personne[43] ». Refusé des groupes et du jeu des autres, il souffrait de l'exclusion. Le reste est allusif... Ne peut-on voir ici les limbes du projet originel fondateur de toute biographie et, partant, le postulat à partir duquel le reste de sa vie a été construit ? Reprenant à son compte l'éviction qu'on lui signifiait, Sartre se fit crabe[44]. En guise de conclusion à sa vie, on pourrait citer : « Tout d'un coup, j'ai perdu mon apparence d'homme et ils ont vu un crabe qui s'échappait à reculons de cette salle si humaine. A présent l'intrus démasqué s'est enfui : la séance continue[45]. » Sartre poursuivi par une langouste, c'est le marcheur rejoint par son image, son ombre – on ne méprise pas impunément les coquillages : méfiez-vous d'un homme qui manque d'égards au homard.

CONCLUSION

LE GAI SAVOIR ALIMENTAIRE

ÉREINTÉS, fourbus et nourris à satiété, les six philosophes cessèrent leur banquet, abandonnant derrière eux les reliefs d'un repas signifiant. Diogène rappela qu'on ne pouvait faire de la nature un principe directeur sans appréhender la nourriture de manière conséquente. Brandissant un poulpe à bout de bras, il dit à nouveau l'exigence cynique du simple, le refus de l'élaboré, du complexe et de la civilisation. Arrosant d'un grand jet d'urine – comme son confrère rencontré au banquet de Lucien de Samosate – tous les feux qui passaient à sa portée, le philosophe à l'amphore fustigea une fois encore la dimension prométhéenne à l'œuvre dans le réel. Rien de bon ne se trouve par-delà le naturel, expliqua-t-il. Convaincu de l'excellence de son propos décapant, il reprit place, grappilla de sa main la chair humaine qui reposait à même la pierre et passa la parole à son suivant.

A deux pas de lui, le regard intéressé, quelque peu neurasthénique, Rousseau prit la parole. Ce fut d'abord pour dire ses points d'accord avec son prédécesseur : refus du complexe, éloge du simple, volonté de nature. Ce fut aussi pour rappeler son opposition de principe aux chairs – cuites ou crues. Le lait faisant toujours l'affaire de ceux qui refusent le monde. Plébéien jusqu'à la caricature, le citoyen de Genève vanta les mérites d'une vie calquée sur les mouvements de la nature élevée à la dignité mythologique de perfection. Fantasmant sur Sparte, Rousseau développe une théorie de l'aliment qui n'est pas sans faire penser au contrat social : ascétisme et sobriété, absence de fantaisie et de hasard. Rêve d'ordre et de machines simples aux rouages sommaires : contre la cruauté, les viandes et la civilisation sont promus la douceur, le lait et la nature. Le rêve contre la réalité. Il s'en faudra de peu que pareil délire ne devienne réalité. 1789 et les sanguinaires promoteurs d'un végétarisme élevé au rang de vertu républicaine inviteront par la violence aux nourritures et aux formes politiques spartiates. Le modèle lacédémonien comme issue pour la modernité – voilà de quoi inquiéter un voltairien amateur de libre circulation des idées et des poulardes bien dodues.

Silencieux et désireux d'apprendre, preneur de notes et élève appliqué, Kant n'a pas cessé de siroter, un verre à la main, le discours entier du Genevois. Un peu d'alcool, c'est là, pense-t-il, le meilleur moyen de promouvoir et d'entretenir la convivialité et l'ambiance des banquets. Moins de syssities, plus de fêtes. Relisant ses fiches, il conclut à la pertinence de certaines analyses de Rousseau. On retrouvera dans les textes pédagogiques, anthropologiques ou historiques du vieux maître de Königsberg d'ouvertes réminiscences à l'*Émile* et à quelques autres livres du Suisse. Étonnant Kant qu'on attendait sobre, austère et hypocondriaque jusqu'au malaise : c'est lui qu'on découvre ivre mort dans les rues de sa ville prussienne. Königsberg est aujourd'hui Kaliningrad, cité soviétique. Gageons que dans la province russe, on a gardé l'habitude kantienne de tituber certains soirs dans les artères du port.

A la charnière du siècle de la Révolution française et de la révolution industrielle, il aurait fallu dire quelques mots de Brillat-Savarin, si ce n'est de Grimod de La Reynière. Le premier est plutôt dubitatif et interrogateur, bien qu'à table : c'est qu'il prépare un livre – une *Physiologie du goût* – à la fois philosophique, sensualiste et littéraire. Condillac et Maine de Biran ne sont pas loin. L'analyse du gastronome mobilise des savoirs multiples : physiologie, médecine, chimie, hygiène, parfois géographie ou morale. Avec lui est ouverte l'ère des écrivains dont la nourriture est l'objet. Soit. Mais c'est aussi celui par lequel le plaisir ne s'affiche plus comme honteux. L'eudémonisme est le pari évident de son ouvrage : il n'a de cesse de convaincre de l'excellence de la jouissance, il en fait la théorie, la logique et la poétique. Goûteux beau-frère de Charles Fourier, il est le philosophe qui ose penser les sens, et plus particulièrement le goût. Avant lui, on est en mesure de se demander si les philosophes ont un nez[1] et un palais, si parfois même ils ne sont pas de simples machines dépourvues de sens – insensées, donc –, automates à la Vaucanson sans plus d'ardeur que celle des rouages et des mécaniques. Brillat-Savarin est l'héritier d'une tradition plutôt discrète, bien qu'efficace : celle des sensualistes, des libertins, des épicuriens du Grand Siècle, des matérialistes. Il ouvre aussi des perspectives sur une modernité évidente. S'il fallait quelques noms, force serait de citer Ludwig Feuerbach, Arthur Schopenhauer ou Frédéric Nietzsche, tous trois contempteurs du dualisme spiritualisme/matérialisme, mais tous trois promoteurs d'une logique immanente soucieuse d'intégrer les forces, les puissances et la vitalité d'une machine désirante. Comment également oublier que, plus proches de nous, les réflexions de Deleuze et de Guattari portent à leur expression presque définitive les idées de La Mettrie, ou plutôt d'un La Mettrie qui aurait connu Freud[2] ?

Gageons qu'au banquet des philosophes dont nous avons repéré la participation il y ait eu Brillat-Savarin et Grimod de La Reynière, en convives, mais aussi La Mettrie, Sade, Marguerite-Marie, Gassendi, Saint-Évremond ou La Mothe Le Vayer. Sans doute y avait-il aussi Gaston Bachelard et Michel Serres[3].

La rencontre de Sade et de Marguerite-Marie se fit d'une façon singulière. Un hasard ironique les avait placés face à face, comme deux expressions symboliques de deux tendances antagonistes. Étrange... Et l'on retrouve, dans les parages de la sainte et du libertin, les logiques fantasques et déroutantes des gnostiques : les fanatiques du désert se refusent la chair, le corps. Dans un coin de la fête, ils préfèrent prier. Stylites, gyrovagues ou paissants, ce sont les voies d'accès au christianisme qui condamne la peau, le sang, la viande et la lymphe. Trop vulgaire. Le cycle ingestion/digestion, alimentation/défécation est pour eux le signe le plus manifeste de l'asservissement au contingent. Leur modèle était Jésus dont Valentin écrivait qu'« il mangeait et buvait, mais ne déféquait pas. La puissance de sa continence était telle que les aliments ne se corrompaient pas en lui, puisqu'il n'y avait en lui aucune corruption[4] ».

Revenons à Marguerite-Marie, une sainte du Grand Siècle. Au psychanalyste qui passait par là – il s'agissait d'ailleurs de René Major, spécialiste du délire sur le déterminisme contenu dans le nom propre[5] –, précisons que, dans le civil, la sainte s'appelait Alacoque. Cela ne s'invente pas. Précisons également qu'elle détestait par-dessus tout le fromage[6] dont elle faisait un usage mystique puisqu'elle se forçait à en consommer malgré sa répugnance. Au menu de la sainte : mortifications multiples, négation des impératifs corporels élémentaires, jouissance dans le mépris de soi, discipline, cilice, flagellations, absence de défécation – c'est une manie parmi les extatiques – et refus de la nourriture. Sa préférence, quand elle daigne ingérer quoi que ce soit, va aux aliments marginaux – pour le moins! Qu'on en juge : elle jouit tout particulièrement des breuvages amers que lui prescrit le médecin[7]. Plus le goût est infâme, plus elle tarde à avaler, plus elle savoure. De même mange-t-elle « la nourriture qu'une malade n'avait pu garder; et une autre fois, soignant une religieuse atteinte de dysenterie (toucha-t-elle) avec sa langue ce qui lui faisait bondir le cœur[8] ». Lorsqu'un plat tombe à terre et que la préparation roule sur le sol, elle se réserve les morceaux particulièrement souillés[9].

Compagnon de fortune, le divin marquis de Sade était aussi, par bonheur, au banquet. Avec la sainte, la nourriture est un moyen pour réaliser le mépris de soi; avec le libertin, elle est un argument pour l'expansion des désirs et des plaisirs. L'homme au drageoir rempli de friandises à la cantharide, le familier de la Bastille, est un mangeur singulier. Soucieux de rédiger les statuts d'une Société des amis du crime, il écrit en manière d'article 16 : « Tous les excès de table sont autorisés (...). Tous les moyens possibles sont fournis (...) pour y satisfaire[10]. » Comme tout chez l'érotomane, l'alimentation est asservie au sexe : elle répare d'une dépense sexuelle ou y prépare. Au contraire des mystiques qui invitent au défaut, le libertin incite à l'excès : fêtes, orgies et célébrations culinaires sont associées. Chaque moment initiatique sexuel est commémoré de manière alimentaire. La religion sadienne du digestif célèbre les deux termes de la dialectique : ingestion/défécation. L'étron est sacralisé dans la gastronomie théorique du marquis : c'est lui le moment téléologique de la nutrition.

Absent chez les fanatiques d'extase, il est on ne peut plus présent chez les jouisseurs. La géographie du colombin telle qu'elle apparaît dans *Les Cent Vingt Journées de Sodome* est, à ce titre, expressive. Le lieu commun qui veut que les extrémités finissent par se rejoindre se vérifie si l'on met en parallèle les expériences gnostiques ou religieuses de sainte Marguerite-Marie et celles de Sade. Laissons à Noëlle Chatelet le soin d'un catalogue : « Au fil des pages (...) on note avec une gêne grandissante la succession d'ingestions inattendues qui vont de celles du mangeur de morve à celles du mangeur d'embryon en passant par l'avaleur de salive, de pus, de sperme, de pets, de menstrues, de larmes, de rots, de nourritures prémâchées et de vomi[11]. » Rien ne se perd.

Parmi les invités au banquet, y a-t-il omnivore capable de rivaliser ? Diogène, peut-être. Il est vrai que l'on retrouve chez le marquis un souci de manger diogénien : non pas tant naturel que contre-culturel, anticulturel. L'interdit alimentaire est transgressé au profit d'une ingestion libertaire. Rien ne contient ni ne limite les possibles. Au royaume festif sadien, rien n'est interdit. D'où, dans cette optique, la coprophagie, le meurtre ou le cannibalisme[12]. D'où également les pratiques vampiriques et autres mises en scène dévolues à la satisfaction du désir hématophage. D'où, enfin, la consommation de petites filles rôties[13] ou encore

– retrouvons Noëlle Chatelet pour l'inventaire – : « du pâté de couilles, du boudin au sang d'homme, des étrons en sorbet, etc.[14] ». Perversion, écrit la lectrice effarée. Relisons Klossowski, Lély ou Blanchot...

Sade en dit plus qu'il n'en fait. Il faut contrebalancer les informations issues des textes de fiction et celles qu'offrent la biographie et la correspondance, notamment les lettres à son épouse. Son souci est libertaire : il n'invite pas à la débauche, car il sait que si elle doit avoir lieu, elle aura lieu nécessairement. Il n'invite pas à l'anthropophagie, mais affirme que, si elle est, elle ne peut que relever de la nature, de la nécessité naturelle. Avant Nietzsche, Sade affirme sa lecture du réel comme logique soumise au déterminisme. Dans *Justine ou les Malheurs de la vertu,* il écrit : « Si donc il existe dans le monde des êtres dont les goûts choquent tous les préjugés admis, non seulement il ne faut point s'étonner d'eux, non seulement il ne faut ni les sermonner, ni les punir; mais il faut les servir, les contenter, anéantir tous les freins qui les gênent, et leur donner, si vous voulez être juste, tous les moyens de se satisfaire sans risque; parce qu'il n'a pas plus dépendu de vous d'être spirituel ou bête, d'être bien fait ou d'être bossu[15]. » *Amor fati.* Rien n'est possible contre nature...

En fait de repas faits de petites filles rôties et d'étrons glacés, Sade se contente d'une cuisine bien innocente. L'alimentation des textes de fiction est fictive, celle des lettres est réelle : la nourriture fantasmée ne connaît pas d'interdits, tout comme le rêve ignore les limites. Le dévoreur d'enfants aime par-dessus tout les volailles, les hachis, les compotes, la guimauve, les sucreries, les épices, les gâteries sucrées et lactées, les confitures, les meringues et les gâteaux au chocolat. Une dînette de petite fille modèle. La viande de boucherie ne l'attire guère et il goûte assez le raffinement du champagne et des truffes. Une lettre à sa femme livre ainsi les secrets de la gastronomie sadienne : « Un potage au bouillon de vingt-quatre petits moineaux, fait au riz et au safran. Une tourte dont les boulettes sont de viande de pigeon hachée et garnie de culs d'artichauts. Une crème à la vanille. Des truffes à la provençale. Une dinde garnie de truffes. Des œufs au jus. Un hachis de blanc de perdrix farci de truffes et vin cuit. Vin de champagne. Une compote à l'ambre[16]. » Sade est plus marginal par écrit, dans ses romans, que par oral, dans sa vie quotidienne. Que préférer d'une invitation chez Marguerite-Marie ou chez Sade? La ci-devant Alacoque est plus étonnante à table – si l'on peut dire – que le citoyen marquis. En fait de sang d'une prépubère aux babines, Sade n'a de traces, aux commissures des lèvres, que laissées par le cacao de ses pâtisseries préférées. On ne peut en dire autant des marques brunes qui auréolent la bouche de la sainte...

La tête dans les nuages, oublieux de ses voisins ogres par le verbe, midinettes par la pratique, Charles Fourier plaide pour une poétique de l'aliment : copulation des étoiles pour produire des fruits, guerres gastrosophiques, dialectique du petit pâté et rhétorique du vol-au-vent, l'utopiste délire autant dans les cuisines que dans les usines. Préoccupé par une Harmonie mythique, le penseur n'oublie pas la nourriture dans sa volonté de quadriller le réel sous tous ses aspects. Fanatique de plantes vertes au point d'habiter un appartement transformé en serre – le plancher de son domicile était recouvert de terre –, le philosophe du nouvel ordre mettra autant de conviction à développer ses thèses gastronomiques qu'à préciser sa pensée politique ou les détails de l'économie politique. Il est vrai que la gastrosophie est une science pivotale. A l'actif de Fourier, il faut mettre son authentique souci de modifier le rapport au corps : déculpabiliser a été son objectif majeur. Son désir prioritaire était la jouissance en utopie. L'Harmonie est la forme politique donnée à l'allégresse.

Le nez dans les étoiles, Fourier ne verra pas Nietzsche qui chemine presque comme un tâcheron. Plusieurs heures quotidiennement – jusqu'à dix par jour. Il connaît par cœur le chemin qu'il utilise. Sa vue est trop mauvaise pour qu'il puisse faire confiance à l'improvisation. Les chemins de montagne sont dangereux. Le rapport de Nietzsche aux aliments dit tout le rapport du philosophe et de l'homme au monde. Il a produit une superbe œuvre dont nombre de thèses s'enracinent toutefois dans le ressentiment : désireux d'une compagne ou d'un ami, déçu par son attente insatisfaite, il se lance dans des diatribes misogynes et misanthropes. Zarathoustra invitera à prendre le fouet à chaque visite faite aux femmes, mais son maître et créateur interviendra auprès des autorités pour qu'une femme puisse soutenir une thèse de doctorat alors qu'à l'époque cela leur était interdit. De même confiera-t-il à quelques relations épistolières féminines telle ou telle idée – songeons à Malvida von Meysenburg. Il en ira de même avec l'amitié si vilipendée par Zarathoustra, si vécue par Nietzsche : sans Gast jamais il n'y aurait eu de grand œuvre nietzschéen à cause de la vue déplorable du penseur. Peter Gast lira, relira, corrigera, établira les manuscrits définitifs envoyés à l'auteur, il accueillera Nietzsche à Venise, lui viendra en aide à chaque fois qu'il le faudra. De quoi s'agit-il si ce n'est d'amitié ? Il n'empêche, toute forme de relation privilégiée est vue par lui comme une prison. Faut-il un autre exemple ? Le succès attendu en vain sera générateur du ressentiment qui lui fera dire qu'il écrit pour les générations futures, le siècle à venir. De la nourriture on peut faire la même remarque : il refuse la lourdeur germanique et la nourriture afférente, mais c'est pour mieux se jeter dans les pratiques incohérentes où il fantasme la gastronomie piémontaise. Préoccupé par la danse et le pied léger, il affectionne les viandes en sauce et les pâtes, puis se confine dans la pratique des charcuteries maternelles...

Marinetti pousse la conséquence plus loin. La théorie futuriste est accompagnée d'une pratique. Les banquets marinettiens ont authentiquement eu lieu : œuvres d'art kitsch, mises en scène baroques, ils sont de vigoureux plaidoyers pour une volonté énergique de mettre en forme le réel à partir de l'instant pur, débarrassé des scories passéistes. La gastronomie futuriste invite à la révolution culinaire, même si, ici comme ailleurs – loi du genre –, la révolution se transforme en réaction. Là encore les lois qui régissent l'histoire gouvernent l'épopée nutritive. L'histoire de l'alimentation, c'est l'Histoire tout court. La détermination d'une sensibilité gastronomique, d'un comportement nutritif, c'est la détermination d'une sensibilité et d'un comportement tout court.

Avec Sartre, enfin, la nourriture désigne le philosophe comme l'éternel ennemi de son corps. Rivalisant ici d'alcoolisme avec un ingénieur russe à Tachkent, ou là avec Hemingway au Ritz, Sartre finit, ailleurs, par cuver son vin dans le canot de sauvetage du bateau qui l'emmène du Havre à New York. Au Japon, alors qu'il goûte de la dorade crue ou du thon sanguinolent, il finit le repas en vomissant. A Bruay-en-Artois, chez un mineur mao, il dîne d'un civet de lapin qui lui déclenche une crise d'asthme de deux heures. Au Maroc, il souffre cruellement du foie après l'ingestion de cornes de gazelle, de pastilla, de méchoui, de poulet au citron et de couscous[17]. Puis, c'est pour avoir avalé un tube d'Ortédrine qu'un soir il connaîtra la surdité pendant plusieurs heures. Laissons-le à ce silence salvateur et méfions-nous de ces philosophies qui rendent sourd...

Nourriture pour le néant et l'éternité, les hommes sont voués à ingérer et à être ingérés. Métaphore alimentaire, la mort n'est qu'une des nombreuses versions de l'oralité. Les psychanalystes auraient beaucoup à dire sur les polarisations gastronomiques : fixation sur un stade, jouissance buccale, substitut culturel et socialement acceptable du sevrage, sublimation marquée au coin de l'éphémère. Les psychiatres auraient à analyser l'anorexie et la boulimie pour y découvrir l'avers et le revers d'une même obsession à mal saisir le monde. Ils distingueraient péremptoirement le normal et le pathologique, les déviances de la bouche, ses bons et mauvais usages. Les économistes diraient – avec les historiens – la géographie poétique des condiments, les trajets des sucres et des caviars, l'épopée du sel. Au passage ils en tireraient une théorie. De la maîtrise des sphincters au billet de banque, du papier-monnaie au coquillage précieux. Péripéties mythologiques. Manquent un Lewis Carroll ou un Lucien de Samosate. Les sociologues diraient – avec Bourdieu – les préférences plébéiennes (lourd-salé-gras) et les élections bourgeoises. Les gastronomes diraient les fumets, les couleurs et les saveurs, la sapidité et le caractère fondant, moelleux. Mais les théologiens diraient l'un de leurs sept péchés capitaux.

Alors le philosophe pourrait inviter à éradiquer le sacré, à anéantir les volontés de renoncement et d'ascèse si bien intégrées. La sagesse dionysienne dirait l'impertinence de l'éloge séculaire de la frigidité à mettre au compte du christianisme. Un savoir athée est une sapience esthétique. La confusion d'une science de l'agir et de l'art de vivre invite à cette diétét(h)ique soucieuse d'eudémonisme. Destinée à la putréfaction et à l'éclatement en fragments multiples, la chair n'a de destin que dans l'antériorité à la mort. Le mésusage du corps est une faute qui contient sa sanction en elle-même : on ne rattrape pas le temps perdu.

NOTES

I. Le banquet des omnivores

1. Ces points font l'objet des chapitres qui suivent.
2. Dimitri Davidenko, *Descartes le scandaleux*, Robert Laffont, p. 52.
3. Jean Colerus, « La vie de B. de Spinoza », *in* Spinoza, *Œuvres complètes*, Pléiade, p. 1319.
4. Hegel, *Correspondance générale*, t. I, lettre de Hegel aux frères Ramann, Iéna, le 8 août 1801, Gallimard, p. 65.
5. Lydia Flem, *La Vie quotidienne de Freud et de ses patients*, Hachette. Voir tout de même les pages 238 à 240 sur Freud, les vins, les baies sauvages, les artichauts, les asperges et les épis de maïs.
6. Noëlle Chatelet, intervention sur Sade au Colloque de Cerisy. Voir les Actes.
7. André Castelot, *L'Histoire à table*, Plon-Perrin, p. 42.
8. Claude Lévi-Strauss, *Tristes Tropiques*, Plon.
9. Jacques Lacarrière, *Les Gnostiques*, Idées Gallimard, p. 105.
10. Pierre Clastres, *Chronique des Indiens Guayaki*, Plon, p. 327.
11. La Mettrie, *L'Art de jouir*, éd. originale, p. 56.
12. La Mettrie, *L'Homme-Machine*, Denoël-Gonthier, p. 100-101 et 137.
13. *Descartes le scandaleux*, p. 105 et Baillet.

14. Elisabeth et Robert Badinter, *Condorcet* (sur sa fin).
15. Ludwig Feuerbach, *Manifestes philosophiques*, 10/18, p. 301.
16. *Id.*, *Pensées diverses*, p. 327 et 336.
17. Noëlle Chatelet, *Le Corps à corps culinaire*, Seuil.
18. Jean-Paul Aron, *Le Mangeur du* XIXe *siècle*, Denoël, Médiations.
19. Jean-François Revel, *Un festin en paroles*, Livre de Poche.
20. Michel Foucault, *L'Usage des plaisirs*, Gallimard, p. 111.
21. *Ibid.*, p. 115.
22. *Ibid.*, p. 123.
23. Brillat-Savarin, *Physiologie du goût*, Julliard, p. 23.
24. Didier Raymond, *Schopenhauer*, Seuil, p. 37.

II. Diogène ou le goût du poulpe

1. Hegel, *Leçons sur l'histoire de la philosophie*, Vrin, t. I, p. 371.
2. *Ibid.*, p. 378.
3. Nietzsche, *Par-delà le bien et le mal*, 10/18, p. 148.
4. *Id.*, *Ecce Homo*, Idées Gallimard, p. 89.
5. *Ibid.*, p. 67.
6. Selon Platon. Diogène Laërce, *Vie, doctrines et sentences des philosophies illustres*, VI, 54.
7. Montaigne, *Essais*, III, 13.
8. Diogène Laërce, *op. cit.*, Garnier-Flammarion, p. 27.
9. Marcel Détienne, *Dionysos mis à mort*, Gallimard, p. 153.
10. *Id.*, « Pratiques culinaires et esprit de sacrifice », *in* J.-P. Vernant et M. Détienne, *La Cuisine du sacrifice en pays grec*, Gallimard, p. 16.
11. Jean-Pierre Vernant, « A la table des hommes. Mythe de fondation du sacrifice chez Hésiode », *op. cit.*, p. 64.
12. Diogène Laërce, *op. cit.*, p. 33.
13. Platon, *République*, VIII, 565 d, 566 a; IX, 571 d, et X, 619 c.

14. Lucien de Samosate, *Le Cynique*, 15.
15. Dion Chrysostome, *Discours*, VI, 13.
16. Diogène Laërce, *op. cit.*, VI, 44.
17. Dion Chrysostome, *op. cit.*, VI, 62.
18. Diogène de Sinope, *Lettre à Monime*, XXXVII, 46.
19. Diogène Laërce, *op. cit.*, p. 23.
20. *Ibid.*, VI, 61.
21. Plutarque, *De esu carnium*, I, 6, 995.
22. Léonce Paquet, *Les Cyniques grecs*, Ottawa, p. 94. Voir la magistrale analyse de Marie-Odile Goulet-Caze, *L'Ascèse cynique. Un commentaire de Diogène Laërce, VI, 70-71*, Vrin.
23. Sophocle, *Antigone*, Prologue, Garnier-Flammarion, p. 70.
24. Lucien de Samosate, *op. cit.*, 18.
25. Diogène Laërce, *op. cit.*, p. 30.

III. Rousseau ou la voie lactée

Les références renvoient aux *Œuvres complètes* de la Pléiade, édition Bernard Gagnebin et Marcel Raymond. Pour les textes ici cités : Vol. I : *Confessions;* vol. II : *La Nouvelle Héloïse;* vol. III : *Discours sur les sciences et les arts, Discours sur l'origine de l'inégalité parmi les hommes;* vol. IV : *Émile.* L'*Essai sur l'origine des langues* est cité dans l'édition de la Bibliothèque du Graphe.

1. *Œuvres complètes*, III, p. 27-28.
2. *Ibid.*
3. III, p. 73.
4. III, p. 27 et 41.
5. III, p. 76.
6. III, p. 80.
7. III, p. 15.
8. III, p. 79.
9. III, p. 95.
10. III, p. 164.

11. III, p. 134.
12. III, p. 165.
13. *Ibid.*
14. IV, p. 409.
15. IV, p. 464.
16. IV, p. 464-465.
17. Voltaire, *Correspondance*, Pléiade.
18. Rousseau, IV, p. 687.
19. IV, p. 688.
20. I, p. 72.
21. II, p. 453.
22. I, p. 409.
23. *Ibid.*
24. IV, p. 273.
25. IV, p. 274-275.
26. IV, p. 275.
27. II, p. 452.
28. IV, p. 452.
29. II, p. 453.
30. IV, p. 408.
31. *Ibid.*
32. IV, p. 411.
33. *Ibid.*
34. *Ibid.*
35. IV, p. 411.
36. III, p. 199.
37. Rousseau, *Essai sur l'origine des langues*, chap. IX, p. 523.
38. *Ibid.*
39. IV, p. 680.
40. Saint-Just, *Fragments d'institutions républicaines*, Point Seuil, p. 264.
41. Joachim Fest, *Hitler le Führer*, Gallimard, p. 193.

IV. Kant ou l'éthylisme éthique

1. Arsénij Goulyga, *Emmanuel Kant. Une vie*, Aubier, p. 64-65.
2. Ehrgott André Charles Wasianski, « Emmanuel Kant dans ses dernières années », *in* Jean Mistler, *Kant intime*, Grasset, p. 121.
3. Louis Ernst Borowski, « Description de la vie et du caractère d'Emmanuel Kant », in *op. cit.*, p. 17.
4. Kant, *Anthropologie d'un point de vue pragmatique* trad. Foucault, Vrin, p. 38.
5. *Ibid.*, p. 37.
6. *Ibid.*, p. 39.
7. Kant, *Œuvres philosophiques* (*O.P.*), Pléiade, t. III, p. 977.
8. *O.P.*, III, p. 976.
9. *Ibid.*
10. *Ibid.*, p. 1056.
11. *Op. cit.*, p. 174.
12. Wasianski, art. cité, p. 128.
13. Borowski, art. cité, p. 16.
14. *O.P.*, III, p. 984.
15. *Ibid.*, p. 987.
16. *Ibid.*, p. 988.
17. *Ibid.*
18. *Ibid.*
19. *Ibid.*
20. *Ibid.*, p. 989.
21. *Ibid.*
22. Kant, *Métaphysique des mœurs. Doctrine de la vertu*, *O.P.*, III, p. 712.
23. *Ibid.*, p. 713.
24. *Ibid.*
25. *Ibid.*
26. *Ibid.*, p. 714.

27. Reinhold Bernhard Jachmann, « Emmanuel Kant dans des lettres à un ami », *in* Mistler, *op. cit.*, p. 45.
28. *Ibid.*, p. 47.
29. Wasianski, art. cité, p. 74.
30. Jachmann, art. cité, p. 51.
31. *Ibid.*, p. 52.
32. *Ibid.*, p. 48.
33. Kant, *Le Conflit des facultés*, Vrin, p. 121.
34. *Ibid.*
35. Kant, *Essai sur les maux de tête*, II, 266.
36. Kant, *Observations sur le sentiment du beau et du sublime*, II, 221.
37. Cf. Kant, *Essai sur les maladies mentales.*
38. Kant, *Le Conflit des facultés*, p. 127.
39. *O.P.*, III, p. 921.
40. *Ibid.*, p. 911.
41. Borowski, art. cité, p. 15.
42. Kant, *Le Conflit des facultés*, p. 135.
43. Wasianski, art. cité, p. 149.

V. Fourier ou le petit pâté pivotal

Les œuvres de Charles Fourier sont citées dans l'édition des *Œuvres complètes (O.C.)*, Anthropos, 1966-1968, sous la direction de Simone Debout. Les volumes utilisés sont les suivants : *Théorie des quatre mouvements, O.C.*, t. I; *Théorie de l'unité universelle, O.C.*, t. II, III, IV, V; *Le Nouveau Monde industriel et sociétaire, O.C.*, t. VI; *Le Nouveau Monde amoureux, O.C.*, t. VII; *La Fausse Industrie, O.C.*, t. VIII; *Manuscrits publiés par la Phalange, Revue de la science sociale*, vol. I et II, *O.C.*, t. X.

1. X, p. 157.
2. VIII, p. 442.
3. *Ibid.*
4. VII, p. 257.
5. VII, p. 326.

6. V, p. 165.
7. II, p. 28.
8. VII, p. 138.
9. V, p. 418.
10. *Ibid.*
11. V, p. 419.
12. I, p. 163.
13. V, p. 420.
14. VII, p. 136.
15. V, p. 420.
16. VII, p. 18.
17. I, p. 167.
18. I, p. 19.
19. VI, p. 224.
20. VII, p. 20.
21. VII, p. 132.
22. VII, p. 131.
23. VI, p. 253.
24. VI, p. 259.
25. VII, p. 19.
26. VII, p. 139.
27. VII, p. 140.
28. VII, p. 142.
29. V, p. 352.
30. VI, p. 255.
31. VI, p. 256.
32. *Ibid.*
33. VII, p. 339.
34. *Ibid.*
35. VII, p. 341.
36. VII, p. 343.
37. VII, p. 346.
38. VII, p. 356.
39. V. p. 358.
40. VII, p. 347.
41. VII, p. 357.
42. VII, p. 133.

43. *Ibid.*
44. I, p. 170.
45. I, p. 171.
46. VII, p. 135.
47. VII, p. 129.
48. VI, p. 260.
49. *Ibid.*
50. IV, p. 243.
51. IV, p. 244.
52. Roland Barthes, *Sade, Fourier, Loyola,* Points Seuil, p. 103.

VI. Nietzsche ou les saucisses de l'Antéchrist

1. Nietzsche, *Ecce Homo,* Idées Gallimard, p. 58.
2. *Id., Le Gai Savoir,* § 299.
3. *Id., Ecce Homo,* p. 36.
4. *Id., Le Gai Savoir,* § 2.
5. *Id., La Naissance de la tragédie,* Idées Gallimard, p. 26.
6. *Id., Le Gai Savoir,* § I, 7.
7. *Ibid.*
8. *Id., Aurore,* Idées Gallimard, § 202.
9. *Id., Le Crépuscule des idoles,* Idées Gallimard, p. 54-55.
10. *Id., Aurore,* § 203.
11. *Ibid.*
12. *Ibid.*, § 171.
13. *Id., Ecce Homo,* p. 37
14. *Id., Le Crépuscule des idoles,* p. 76.
15. *Id., Ecce Homo,* p. 38.
16. *Id., Le Voyageur et son ombre,* Denoël Médiations, § 98.
17. *Id., Le Gai Savoir,* § 145.
18. *Id., Le Cas Wagner,* Idées Gallimard, p. 33.
19. *Id., Correspondance générale,* Lettre à Gersdorff, 28 septembre 1869, Gallimard.
20. C. P. Janz, *Biographie. Nietzsche,* Gallimard, t. I, p. 306.
21. Rousseau, *Émile,* Pléiade, t. IV, p. 411.

22. Nietzsche, *Par-delà le bien et le mal*, 10/18, § 234.
23. *Ibid.* § 262.
24. *Id.*, *Ecce Homo*, p. 39.
25. C. P. Janz, *op. cit.*, t. III, p. 274.
26. Nietzsche, *Ecce Homo*, p. 39.
27. *Ibid.*, p. 37.
28. C. P. Janz, *op. cit.*, t. II, p. 245.
29. *Ibid.*, t. III, p. 113.
30. Nietzsche, *Correspondance générale*, lettre à sa mère, 14 juillet 1886, Gallimard.
31. *Ibid.*, lettre à sa mère, 3 août 1887.
32. *Ibid.*, lettre à sa mère, 20 mars 1888.
33. *Id.*, *Ecce Homo*, p. 65.
34. *Ibid.*, p. 37.
35. *Id.*, *Correspondance générale*, lettre à sa mère, 9 novembre 1878; lettre à sa sœur, 6 juillet 1879.
36. *Id.*, *Considérations inactuelles*, Aubier, III, 3.
37. *Id.*, *Ecce Homo*, p. 61.

VII. Marinetti ou le porexcité

1. F. T. Marinetti, et Fillìa, *La Cuisine futuriste*, traduit et présenté par Nathalie Heinich, Ed. Métaillié, 1982. Les pages de ce chapitre sur la cuisine futuriste sont essentiellement rédigées à partir de ce remarquable travail de N. Heinich. Voir également Giovanni Lista, *Marinetti*, Seghers, et F. T. Marinetti, *Le Futurisme*, préface de G. Lista, L'Age d'homme; Pontus Hulten, *Futurisme et futurismes*, Le Chemin vert; Marinetti, « Manifeste de la cuisine futuriste », *op. cit.*, p. 43.
2. *Ibid.*, p. 44.
3. *Ibid.*, p. 45.
4. *Ibid.*, p. 42.
5. *Ibid.*, p. 29.
6. *Ibid.*, p. 45.
7. *Ibid.*, p. 46.

8. Nietzsche, *La Naissance de la tragédie*, Idées Gallimard, p. 19.
9. F. T. Marinetti, « Les repas futuristes incitatifs », *op. cit.*, p. 130.
10. *Id.*, « Manifestes, idéologie, polémique », *op. cit.*, p. 48.
11. *Id.*, « Recettes futuristes pour restaurants et oulonboit », *op. cit.*, p. 139.
12. *Ibid.*, p. 140.
13. *Ibid.*, p. 156.
14. *Ibid.*, p. 140.
15. *Ibid.*, p. 147.
16. *Ibid.*, p. 142.
17. *Ibid.*, p. 143.
18. *Ibid.*, p. 165.
19. *Ibid.*, p. 154-155.
20. *Ibid.*, p. 111.
21. *Ibid.*, p. 112.

VIII. Sartre ou la vengeance du crustacé

1. Simone de Beauvoir, *La Cérémonie des adieux*, suivie de *Entretiens avec J.-P. Sartre*, août-septembre 1974, Gallimard, 1981, p. 422.
2. *Ibid.*
3. *Ibid.*, p. 422-423.
4. Voir les analyses de Suzanne Lilar, *A propos de Sartre et de l'amour*, Grasset.
5. J.-P. Sartre, *Les Carnets de la drôle de guerre*, Gallimard, 1983, p. 187.
6. *Ibid.*, p. 191.
7. *Id., L'Être et le Néant*, Gallimard, 1948, p. 705.
8. *Ibid.*, p. 706.
9. *Ibid.*
10. Alice Schwarzer, *Simone de Beauvoir aujourd'hui. Six entretiens*, Mercure de France, 1984, p. 113.

11. Simone de Beauvoir, *La Force de l'âge*, Gallimard, 1960, p. 134.
12. Annie Cohen-Solal, *Sartre. 1905-1980*, Gallimard, p. 199.
13. *Ibid.*
14. J.-P. Sartre, *Carnets, op. cit.*, p. 155.
15. A. Cohen-Solal, op. cit., p. 246.
16. Voir, dans *L'Être et le Néant*, le chapitre II de la IIIe partie, p. 368-404, « Le corps comme Être-Pour-Soi : la Facticité ».
17. *Ibid.*, p. 423.
18. *Ibid.*, p. 425.
19. A. Cohen-Solal, *op. cit.*, p. 485.
20. S. de Beauvoir, *La Cérémonie des adieux*, p. 67.
21. J.-P. Sartre, *L'Être et le Néant*, p. 721-722. Voir aussi *Cahiers pour une morale*, Gallimard, 1983, p. 330.
22. *Id.*, Réponse à une interview d'*Actuel*, février 1973, nº 28.
23. *Id.*, *L'Être et le Néant*, p. 687.
24. *Id.*, *L'Imaginaire*, Idées Gallimard, p. 303.
25. S. de Beauvoir, *La Force de l'âge*, p. 216.
26. *Ibid.*, p. 217.
27. J.-P. Sartre, *La Nausée*, Pléiade, p. 72.
28. *Id.*, *Les Mots*, Folio Gallimard, p. 129-130.
29. *Id.*, *Les Séquestrés d'Altona*, acte II, scène I.
30. *Id.*, *L'Être et le Néant*, p. 707.
31. S. de Beauvoir, *La Cérémonie des adieux*, p. 423.
32. *Ibid.*, p. 424.
33. *Ibid.*
34. *Ibid.*, p. 514.
35. A. Cohen-Solal, *op. cit.*, p. 484.
36. S. de Beauvoir, *La Cérémonie des adieux*, p. 421.
37. J.-P. Sartre, *L'Être et le Néant*, p. 707.
38. S. de Beauvoir, *La Cérémonie des adieux*, p. 297.
39. J.-P. Sartre, *La Nausée*, p. 94.
40. *Id.*, *L'Être et le Néant*, p. 690.
41. *Ibid.*, p. 695.
42. *Ibid.*, p. 706-707.

43. J.-P. Sartre, *Les Mots*, p. 114.
44. Voir *La Nausée*, p. 117-118.
45. *Ibid.*, p. 146.

Conclusion. Le gai savoir alimentaire

1. Annick Le Guérer, « Les philosophes ont-ils un nez? » *Autrement.* (*Odeurs*).
2. Gilles Deleuze et Félix Guattari, *L'Anti-Œdipe* et *Mille Plateaux*, Minuit.
3. Michel Serres, *Les Cinq Sens*, Grasset.
4. Jacques Lacarrière, *Les Gnostiques*, Idées Gallimard, p. 43.
5. René Major, *La Logique du nom propre et le transfert*, *Confrontation* n° 15, Aubier-Montaigne; *Le Discernement* et *De l'élection*, Aubier-Montaigne.
6. A. Hamon, S.J., *Sainte Marguerite-Marie*, Beauchesne, p. 90.
7. *Ibid.*, p. 242. Cf. Colette Yver, *Marguerite-Marie, messagère du Christ*, Spes.
8. *Ibid.*, p. 89.
9. *Ibid.*, p. 20.
10. D.A.F. de Sade, *Histoire de Juliette, O.C.*, t. VIII, p. 405.
11. Noëlle Chatelet, « Le libertin à table », Colloque de Cerisy, *Sade, écrire la crise*, Belfond, p. 78.
12. D.A.F. de Sade, *O.C.*, t. IV, p. 198.
13. *Id., Histoire de Juliette*, p. 260-261.
14. Noëlle Chatelet, art. cité, p. 81.
15. D.A.F. de Sade, *Justine ou les Malheurs de la vertu*, Pauvert, p. 214-217.
16. Cité par Béatrice Fink, « Lecture alimentaire de l'utopie sadienne », Actes du colloque Sade, *op. cit.*, p. 175.
17. Voir respectivement de Simone de Beauvoir *Tout compte fait*, Gallimard, p. 349; *La Cérémonie des adieux*, Gallimard, p. 25, et *La Force de l'âge*, Gallimard, t. II, p. 378.

1. *Ouvrages généraux*

Maguelonne TOUSSAINT-SAMAT, *Histoire naturelle et morale de la nourriture*, Bordas, 590 p. Cf. bibliographie, p. 573-576.

Barbara KETCHAM WHEATON, *L'Office et la Bouche. Histoire des mœurs de la table en France. 1300-1789*, Calmann-Lévy, 380 p. Cf. bibliographie très complète, p. 353-370. Plus de 300 titres.

Numéro spécial de la revue *L'Histoire : La Cuisine et la Table. Cinq mille ans de gastronomie*, nº 85. Bibliographies à la fin de chaque article. 29 interventions dont celles de Jacques LE GOFF, PASCAL ORY, Jean-Louis FLANDRIN.

Jean-Louis VAUDOYER, *Éloge de la gourmandise*, Hachette.

2. *Analyses critiques*

Jean-Paul ARON, *Le Mangeur du XIXe siècle. Une folie bourgeoise : la nourriture*, Denoël, Médiations.

Essai sur la sensibilité alimentaire à Paris au XIXe siècle, Cahiers des Annales, n° 25.

BRILLAT-SAVARIN, *Physiologie du goût,* Julliard. Avec une préface de Jean-François REVEL, p. 5-14. Voir également la préface de Roland BARTHES et quelques-uns des textes de celui-ci sur la cuisine dans *Mythologies,* Points Seuil.

Pierre BOURDIEU, *La Distinction. Critique sociale du jugement,* Minuit.

Noëlle CHATELET, *Le Corps à corps culinaire,* Seuil. Cf. bibliographie, in Actes du Colloque Sade, *Sade, écrire la crise,* Belfond, article p. 67-84 : « Le Libertin à table ». Voir dans le même ouvrage l'article de Béatrice FINK « Lecture alimentaire de l'utopie sadienne », p. 175-192.

GRIMOD DE LA REYNIÈRE, *Écrits gastronomiques. Almanach des gourmands* première année (1803) et *Manuel des amphitryons* (1808), 10/18. Voir la préface de Jean-Claude BONNET et ses notes critiques. Du même : *Avantages de la bonne chère sur les femmes,* Plasma.

Jean-François REVEL, *Un festin en paroles. Histoire littéraire de la sensibilité gastronomique de l'Antiquité à nos jours,* Livre de Poche.

3. *Ouvrages utilisés pour l'introduction*

Dans l'ordre d'apparition :

Dimitri DAVIDENKO, *Descartes le scandaleux,* Robert Laffont.

Jean COLERUS, « La vie de B. de Spinoza », *in* Spinoza, *Œuvres complètes,* Pléiade.

G.W.F. HEGEL, *Correspondance,* Gallimard, t. I.

Annie COHEN-SOLAL, *Sartre,* Gallimard.

Lydia FLEM, *La Vie quotidienne de Freud et de ses patients,* Hachette.

André CASTELOT, *L'Histoire à table*, Plon-Perrin, bibliographie p. 709-713.
Claude LÉVI-STRAUSS, *Tristes Tropiques*, Plon.
Jacques LACARRIÈRE, *Les Gnostiques*, Idées Gallimard.
Pierre CLASTRES, *Chronique des Indiens Guayaki* Plon.
J. OFFROY DE LA METTRIE, *L'Art de jouir* et *L'Homme-Machine, Œuvres complètes.*
E. et R. BADINTER, *Condorcet. Un intellectuel en politique*, Fayard.
Ludwig FEUERBACH, *Manifestes philosophiques*, 10/18. *Pensées diverses.*
Michel FOUCAULT, *L'Usage des plaisirs. Histoire de la sexualité*, t. II; voir aussi *Le Souci de soi. Histoire de la sexualité*, t. III, Gallimard.
Didier RAYMOND, *Schopenhauer*, Microcosme, Seuil.

4. *Ouvrages utilisés pour le premier chapitre*

G.W.F. HEGEL, *Leçons sur l'histoire de la philosophie*, t. I, Vrin.
NIETZSCHE, *Par-delà le bien et le mal*, 10/18; *Ecce Homo*, Idées Gallimard.
DIOGÈNE LAËRCE, *Vie, doctrines et sentences des philosophes illustres*, Garnier-Flammarion.
MONTAIGNE, *Essais*, Pléiade.
Marcel DÉTIENNE, *Dionysos mis à mort*, Gallimard; Pratiques culinaires et esprit de sacrifice, *in* J.-P. VERNANT et M. DÉTIENNE *La Cuisine du sacrifice en pays grec*, Gallimard.
Jean-Pierre VERNANT, « A la table des hommes. Mythe de fondation du sacrifice chez Hésiode », *op. cit.*

PLATON, *La République*, Pléiade, *Œuvres complètes.*
LUCIEN DE SAMOSATE, *Le Cynique*, *Œuvres*, Hachette.
DION CHRYSOSTOME, *Discours.*
DIOGÈNE DE SINOPE, *Lettre à Monime*, *in* Léonce PAQUET, *Les Cyniques grecs*, Presses universitaires d'Ottawa.
PLUTARQUE, *De esu carnium*, *Œuvres.*
Marie-Odile GOULET-CAZE, *L'Ascèse cynique. Un commentaire de Diogène Laërce, VI, 70-71*, Vrin.
SOPHOCLE, *Antigone*, Garnier-Flammarion.

5. *Ouvrages utilisés pour le deuxième chapitre*

Jean-Jacques ROUSSEAU, *Œuvres complètes*, t. I, II, III, IV, Pléiade; voir particulièrement les *Confessions*, *La Nouvelle Héloïse*, le *Discours sur les sciences et les arts*, le *Discours sur l'origine de l'inégalité parmi les hommes*, *Émile*; l'*Essai sur l'origine des langues* est cité dans l'édition de la Bibliothèque du Graphe.
VOLTAIRE, *Correspondance*, Pléiade.
SAINT-JUST, *Fragments d'institutions républicaines*, Points Seuil.
JOACHIM FEST, *Hitler le Führer*, Gallimard.

6. *Ouvrages utilisés pour le troisième chapitre*

Emmanuel KANT, *Œuvres philosophiques* Pléiade, t. I, II, III; *Métaphysique des mœurs. Doctrine de la vertu*, Vrin; *Anthropologie d'un point de vue pragmatique*, Vrin; *Le Conflit des facultés*, Vrin; *Essai sur les maux de tête*, *Essai sur les maladies mentales, in Werke; Observations sur le sentiment du beau et du sublime,* Pléiade, t. I.

Arsénij GOULYGA, *Emmanuel Kant. Une vie,* Aubier.

E. A. C. WASIANSKI, « Emmanuel Kant dans ses dernières années »; L. E. BOROWSKI, « Description de la vie et du caractère d'Emmanuel Kant »; R. B. JACHMANN, « Emmanuel Kant dans ses lettres à un ami », *in* Jean MISTLER, *Kant intime,* Grasset.

7. *Ouvrages utilisés pour le quatrième chapitre*

Charles FOURIER, *Œuvres complètes,* 12 vol., Anthropos; voir particulièrement *Théorie des quatre mouvements; Théorie de l'unité universelle; Le Nouveau Monde industriel et sociétaire; Le Nouveau Monde amoureux; La Fausse Industrie* et les *Manuscrits publiés par la Phalange, Revue de la science sociale.*

Roland BARTHES, *Sade/Fourier/Loyola,* Points Seuil.

Pascal BRUCKNER, *Fourier,* Seuil.

Jean GORET, *La Pensée de Fourier,* P.U.F.

8. *Ouvrages utilisés pour le cinquième chapitre*

Frédéric NIETZSCHE, *Œuvres complètes,* édition Colli-Montinari, Gallimard. Voir particulièrement *Ecce Homo, Le Gai Savoir, La Naissance de la tragédie, Aurore, Le Crépuscule des idoles, Le Voyageur et son ombre, Le Cas Wagner, Par-delà le bien et le mal, Considérations inactuelles,* III, *Correspondance générale.*

Curt Paul JANZ, *Biographie,* t. I, II, III.

Daniel HALÉVY, *Nietzsche,* Livre de Poche.

9. *Ouvrages utilisés pour le sixième chapitre*

F. T. MARINETTI et FILLIA, *La Cuisine futuriste*, traduit et présenté par Nathalie HEINICH, Ed. Métaillié.
Giovanni LISTA, *Marinetti*, Seghers, biographie et textes.
F.T. MARINETTI, « Les repas futuristes incitatifs », « Manifestes, idéologie, polémique » et « Recettes futuristes pour restaurants et oulonboit », *op. cit.*
F.T. MARINETTI, *Le Futurisme*, manifestes et textes divers, L'Age d'homme.
PONTUS HULTEN, *Futurisme et futurismes*, Le Chemin vert.

10. *Ouvrages utilisés pour le septième chapitre*

Jean-Paul SARTRE, *La Nausée*, Gallimard, Pléiade; *Les Séquestrés d'Altona*, Gallimard; *Les Mots*, Gallimard; *L'Imaginaire*, Gallimard; *Actuel*, interview, février 1973, n° 28; *Les Carnets de la drôle de guerre*, Gallimard; *L'Etre et le Néant*, Gallimard; *Cahiers pour une morale*, Gallimard.
Simone DE BEAUVOIR, *La Cérémonie des adieux*, suivi de *Entretiens avec Jean-Paul Sartre*, Gallimard; *La Force de l'âge*, Gallimard.
Suzanne LILAR, *A propos de Sartre et de l'amour*, Grasset.
Alice SCHWARZER, *Simone de Beauvoir aujourd'hui. Six entretiens*, Mercure de France.
Annie COHEN-SOLAL, *Sartre, 1905-1980*, Gallimard.

11. *Ouvrages utilisés pour la conclusion*

A. HAMON, S. J., *Sainte Marguerite-Marie,* Beauchesne.

Colette YVER, *Marguerite-Marie messagère du Christ,* Spes.

René MAJOR, *Le Discernement, De l'élection* et *La Logique du nom propre et le transfert, Confrontation* nº 15, Aubier-Montaigne.

Colloque de Cerisy, *Sade, écrire la crise,* Belfond; articles de Noëlle CHATELET, « Le libertin à table », et de Béatrice FINK, « Lecture alimentaire de l'utopie sadienne ».

Annick LE GUÉRER, « Les philosophes ont-ils un nez? » *Autrement.* (*Odeurs.*)

Gilles DELEUZE et Félix GUATTARI, *L'Anti-Œdipe* et *Mille Plateaux,* Minuit.

Michel SERRES, *Les Cinq Sens,* Grasset.

D.A.F. de SADE, *Histoire de Juliette, Justine ou les Malheurs de la vertu, Œuvres complètes.*

Table

Michel Onfray dans Le Livre de Poche

L'Archipel des comètes n° 4317

L'Archipel des comètes propose une lecture subjective de son époque. On y trouve également une encyclopédie baroque de la modernité, une théorie de la construction volontariste de soi, une critique des nihilismes et pessimismes contemporains, une proposition d'éthique esthétique, une invite à philosopher à la première personne…

L'Art de jouir n° 4198

Par tradition, on n'aime pas le corps dans l'histoire de la philosophie. Cette méfiance semble privilégier deux appendices qui disent la parenté de l'homme et de l'animal : le nez et le phallus. L'Occident a inventé des corps purs et séraphiques, mis en forme par des machines à faire des anges : de la castration au mariage bourgeois, en passant par toutes les techniques de l'idéal ascétique.

Cynismes n° 4077

Au IVe siècle avant l'ère chrétienne, les cyniques se réclamaient du chien, portaient barbe, besace et bâton, copulaient en public et pratiquaient le jeu de mots en guise de méthodologie : là où d'aucuns font référence aux idées et aux théories absconses, ils opposaient le geste, l'humour et l'ironie. Leurs noms : Antisthène, Diogène, Cratès ou Hipparchia…

Le Désir d'être un volcan n° 4263

Les pauvres peuvent-ils être libertins ? Que disent les prostituées aux philosophes ? Comment vivre au pied d'un volcan ? Qui préférer : Eve, Pénélope, Carmen ou Marie ? Où peut-on légalement brûler des ouvriers ? Quel écrivain désirait être un volcan ? Faut-il remplir les cercueils de livres ? Le libertinage est-il toujours de droite ? Comment peut-on aimer Diogène et de Gaulle ? ... Autant de chapitres de ce livre qui peut, et doit, être lu comme un journal hédoniste.

Esthétique du pôle Nord n° 4358

Michel Onfray, enfant, demanda à son père où il se rendrait s'il devait élire une destination idéale ; il s'entendit répondre : « Au pôle Nord. » Trente-cinq ans plus tard, le fils devenu philosophe réalise le rêve de son père et part avec lui au-delà du cercle polaire, pour fêter ses quatre-vingts ans...

Féeries anatomiques n° 4372

Depuis que la biologie génétique a offert à l'homme les moyens d'infléchir son destin – manipulations, diagnostic prénatal, clonage... –, deux attitudes se font face : d'un côté, des « comités d'éthique », qui tentent de « moraliser » les sciences du vivant ; de l'autre, des docteurs Folamour tout disposés à s'aventurer, à travers le corps humain, vers des expérimentations déraisonnables. Michel Onfray jette les bases d'une véritable « bio-éthique libertaire » qui ne manquera pas de séduire – ou de provoquer.

Les Formes du temps n° 31465

On peut écrire sur le temps « par en haut », en technicien de la philosophie pure. Mais on peut aussi aborder la question « par en bas », en partant de la terre pour parvenir à quelques certitudes susceptibles d'être regardées – ce qui constitue une théorie au sens étymologique. Cette « théorie du sauternes » n'est donc pas à ranger dans le rayon gastronomie ou œnologie ; c'est un ouvrage d'ontologie – un texte qui s'interroge sur l'être des choses et qui se propose de le penser à partir du vin de Sauternes, ce vin de légende.

L'Invention du plaisir n° 4323

Parmi les inventions grecques oubliées, il exista un courant hédoniste qu'on appelle cyrénaïque. Ces philosophes se rassemblèrent autour d'Aristippe de Cyrène (Ve-IVe siècle av. J.C.), qui n'hésitait pas à recourir aux plaisanteries pour mieux amener son public à penser et à philosopher. Il a permis à certains penseurs d'élaborer leur propre doctrine, avant d'être discrédité par l'ensemble des philosophes officiels…

Métaphysique des ruines n° 31730

Sous le patronyme commun de « Monsu Desiderio », deux peintres lorrains du XVIIe siècle - Didier Barra et François de Nomé - ont composé, dans leur atelier napolitain, des tableaux fascinants et apocalyptiques. Pour Michel Onfray, si la peinture de Monsu Desiderio regorge de villes en ruines, de citadelles abandonnées, de personnages en déshérence au pied de cités vides, c'est pour mieux illustrer la contre-réforme catholique.

Physiologie de Georges Palante n° 4385

Georges Palante (1862-1925) incarna la possibilité d'un nietzschéisme de gauche. Souffrant d'une malformation congénitale qui le transformait en monstre aux allures simiesques, ce philosophe méconnu consacra tout son talent à échouer : avec ses élèves au lycée, à Saint-Brieuc où il enseigna, avec les femmes, avec les institutions - dont l'université -, avec ses proches, il se transforma avec brio en bourreau de lui-même, puis se suicida en se tirant une balle dans la tête face à un miroir…

Politique du rebelle n° 4282

Poursuivant l'exploration de sa philosophie hédoniste, Michel Onfray en aborde ici le versant politique. Voici donc, magnifiée, la figure du rebelle dont le génie colérique porte, à travers l'histoire, l'irrépressible désir de révolution.

La Puissance d'exister n° 4420

Après avoir publié une trentaine d'ouvrages – depuis *Le Ventre des philosophes* jusqu'au *Traité d'athéologie* –, Michel Onfray a éprouvé le besoin de « faire le point » sur ses convictions philosophiques, politiques, existentielles.

La Raison gourmande n° 4254

Le goût et l'olfaction montrent combien l'homme qui pense et médite est doublé d'un animal qui renifle et goûte. D'où le discrédit jeté sur toutes les activités esthétiques qui en appellent aux saveurs et aux odeurs, donc aux arts de la cuisine et des alcools. Ce livre propose de conférer la dignité philosophique aux domaines de la table et de répondre positivement à la question de Nietzsche : y a-t-il une philosophie de la nutrition ?

La Sagesse tragique.
Du bon usage de Nietzsche n° 4388

Notre époque n'a toujours pas examiné en quoi la philosophie de Nietzsche était porteuse d'immenses révolutions. Michel Onfray, qui a toujours revendiqué ce que sa réflexion devait au *Gai savoir*, propose, dans ce texte écrit en 1988, un formidable exposé du nietzschéisme originel et signe 'une émouvante « reconnaissance de dette » à l'endroit d'un philosophe majeur.

La Sculpture de soi n° 4225

Une morale esthétique nous requiert pour une vie transfigurée par *la sculpture de soi* : elle suppose la vitalité débordante, la restauration de la *virtù* renaissante contre la vertu chrétienne, le talent pour l'héroïsme que permet l'individualité forte, le consentement à l'abondance, la capacité à la magnificence.

Théorie du corps amoureux n° 4314

Pour en finir avec la monogamie, la fidélité, la procréation, la famille, le mariage et la cohabitation associés, Michel Onfray redéfinit le désir comme excès, le plaisir comme dépense, et invite à une théorie du contrat appuyée sur la seule volonté de deux libertés célibataires. Contre le modèle chrétien, il propose une relecture des philosophes matérialistes et sensualistes de l'Antiquité gréco-romaine.

Théorie du voyage n° 4417

Partir, emboîter le pas des bergers, c'est expérimenter un genre de panthéisme extrêmement païen et retrouver la trace des dieux anciens [...]. L'élection de la planète tout entière pour son périple vaut condamnation de ce qui ferme et asservit : le Travail, la Famille et la Patrie, du moins pour les entraves les plus visibles.

Traité d'athéologie n° 30637

« Les trois monothéismes partagent une série de mépris identiques : haine de la raison et de l'intelligence ; haine de la liberté ; haine de tous les livres au nom d'un seul ; haine de la vie ; haine de la sexualité, des femmes et du plaisir ; haine du féminin ; haine des corps, des désirs, des pulsions. En lieu et place et de tout cela, judaïsme, christianisme et islam défendent : la foi et la croyance, l'obéissance et la soumission, le goût de la mort et la passion de l'au-delà, l'ange asexué et la chasteté, la virginité et la fidélité monogamique, l'épouse et la mère, l'âme et l'esprit. Autant dire la vie crucifiée et le néant célébré... »

Les Vertus de la foudre n° 4291

Il est question ici de plaisir et de sagesse. La curiosité de l'auteur, qui s'y connaît en digressions, ne s'arrête pas là : la gaieté ennuyeuse, l'innocence du devenir, le pliage des nuages et les métamorphoses de Narcisse le préoccupent également. De ce voyage à travers toutes sortes de gais savoirs, il s'en revient avec le pessimisme allègre et lucide qui, depuis toujours, porte son style et sa pensée.

CONTRE-HISTOIRE DE LA PHILOSOPHIE

1. *Les Sagesses antiques* n° 4410

L'histoire de la philosophie est écrite par les vainqueurs d'un combat qui, inlassablement, oppose idéalistes et matérialistes. Avec le christianisme, les premiers ont accédé au pouvoir intellectuel pour vingt siècles et effacé toute trace de philosophie alternative. C'est à renverser cette perspective que s'attache Michel Onfray dans *Contre-histoire de la philosophie* – dont le premier volume est consacré aux sagesses antiques.

2. *Le Christianisme hédoniste* n° 4411

Ce deuxième volume revisite et parfois révèle, les œuvres « matérialistes » d'auteurs aussi divers que Walter de Hollande, Amaury de Bène, Lorenzo Valla, Marsile Ficin, Érasme ou Montaigne. Ensemble, elles forment ici l'archipel d'un « christianisme hédoniste »…

3. *Les Libertins baroques* n° 31265

On découvre une constellation de « libertins baroques » – Charron, La Mothe Le Vayer, Saint-Évremond, Gassendi, et Spinoza qui, encore chrétiens, s'abreuvent à Montaigne, aux récits de voyage des découvreurs du Nouveau Monde, aux leçons données par les lunettes astronomiques, aux cabinets de curiosités…

4. *Les Ultras des Lumières* n° 31503

Le siècle dit des Lumières est à son tour revu et corrigé : Voltaire et Rousseau, l'*Encyclopédie*, Meslier et La Mettrie, Maupertuis, Helvétius, d'Holbach, Sade...

5. *L'Eudémonisme social* n° 31680

Michel Onfray se penche sur les œuvres de Mandeville, Bentham, Godwin, tout en explorant les virtualités « eudémoniques » des théories de Flora Tristan, Stuart Mill, Owen, Fourier et Bakounine – qui, chacun dans leur genre, incarnent la pensée d'une gauche inexploitée et pleine de promesses.

6. *Les Radicalités existentielles* n° 31968

Ce volume propose de « se changer » et de résister à la massification de l'époque par la construction d'une subjectivité forte revendiquée comme telle. Henry David Thoreau montre que la nature peut et doit nous donner des leçons Arthur Shopenhauer formule la philosophie pessimiste la plus achevée, mais vit selon les principes d'un épicurisme théorisé dans *L'Art du bonheur*. Enfin, dans *L'Unique et sa propriété*, Max Stirner pose les bases d'un homme post-chrétien tout à l'affirmation de sa puissance…

Achevé d'imprimer en juin 2011, en France sur Presse Offset par
Maury-Imprimeur - 45330 Malesherbes
N° d'imprimeur : 164794
Dépôt légal 1re publication : juin 1990
Édition 08 - juin 2011
LIBRAIRIE GÉNÉRALE FRANÇAISE - 31, rue de Fleurus - 75278 Paris Cedex 06

42/4122/0